잡종
능력자 7

초판 1쇄 인쇄일 2016년 12월 24일 | **초판 1쇄 발행일** 2016년 12월 29일

지은이 돼만보 | **펴낸이** 곽동현 | **담당편집 팀장** 이범수
편집부 신연제 이윤아 홍현주 김유진 조서영

펴낸곳 (주)조은세상 | **출판등록** 제2002-23호
주소 경기도 연천군 미산면 청정로 1355
TEL 편집부 02)587-2966 | FAX 02)587-2922
e-mail bukdu@comics21c.co.kr

돼만보 ⓒ 2016
ISBN 979-11-5832-803-0 | ISBN 979-11-5832-621-0(set) | 값 8,000원

잡종
늘
력자

돼만보 현대 판타지 장편소설
NEO MODERN FANTASY STORY & ADVENTURE
雜種能力者

7

북
두
(주)조은세상

CONTENTS

1장. 데스 나이트

1장. 데스 나이트

"허억. 허억."

데스나이트와의 힘겨운 싸움.

그 결과는 데스나이트가 다가오지 못하는 먼 곳까지 최수민이 뛰쳐나가는 것이었다.

"이번에는 그래도 오래 버텼네?"

이것이 처음이 아니라는 듯 최수민이 도망가는 모습을 바라보기만 하고 있는 레나.

정확한 시간은 알 수 없지만 최수민이 데스나이트와 싸우는 시간이 점점 늘어간다는 것은 알 수 있었다.

"그래도 이제 일주일째인데 조금은 늘어야죠. 서당개도 삼년이면 풍월을 읊는다는데."

벌써 일주일째.

데스나이트와의 첫 전투는 예전처럼 일방적으로 당하진 않았지만 여전히 넘을 수 없는 산이었다.

자신의 실력을 시험해보겠다는 말과 함께 레나 없이 혼자서 데스나이트와 싸우기 위해서.

5분정도의 치열한, 아니 5분간의 치열한 방어 끝에 데스나이트에게 이길 수 없다는 생각에 계단으로 가기 위해서 물러났다.

그리고 그 때 눈치채게 되었다.

데스나이트는 마법진을 중심으로 특정한 거리까지만 움직일 수 있다는 것을.

그리고 두 번째 싸움에서 그것이 확실해졌다.

이유는 알 수 없지만 4마리의 데스나이트는 마법진 주변을 벗어날 수 없다는 것을.

최수민은 그 때부터 여유를 가지기로 했다.

다른 존재도 아니고 소드 마스터였었던 데스나이트와의 싸움.

단지 경험치와 레벨로 표시되는 수치를 올리기 위한 것이 아니라 진짜 싸우는 것이란 어떻게 하는 것인지 배우기 위한 싸움.

일방적으로 몬스터들을 때려잡아 제대로된 싸움을 해볼 기회가 없었던 최수민에게 데스나이트는 좋은 상대였다.

청주에서 만났던 중급 마족보다도 훨씬.

"그런데 매번 몸에 생긴 상처는 신기하게 바로바로 회복이 되네? 포션같은 것을 먹는 것도 아닌데."

죽음에 이르지 못하는 고난은 나를 성장시킨다라는 말이 있는 것처럼 최수민은 정말 싸울 수 없을 때 까지 데스나이트와 검을 맞대고 돌아왔다.

그리고 금세 회복되는 상처들.

물론 생명력이 모두 회복된 것은 아니지만 겉으로 보기엔 멀쩡한 상태로 돌아오는데는 시간이 오래 걸리지 않았다.

"뭐 몸 속에 트롤의 피도 흐르고 있으니까요."

"그럼 또 잠시 쉬다가 다시 가야겠네?"

잠시 휴식을 취한 후 데스나이트와의 싸움에 나서는 최수민.

이 패턴을 반복하며 자신도 모르는 사이 엄청나게 실력이 향상되고 있었다.

소드 마스터였던 사람에게 개인 교습을, 그것도 정말 목숨을 걸고 하는 개인 교습을 받고 있는 셈이니까.

"그럼 다녀올게요."

"그래. 다녀와."

처음에는 같이 갔지만 데스나이트와의 싸움이 안전하다는 것이 확인된 이후 레나는 혼자서 무료한 시간을 보냈다.

오랜시간동안 네크로맨서와 리치의 흔적은 찾을 수 없어서 그것들에 생각은 버린지 오래.

'남은 건 저 마법진 밖에 없는데… 워낙 경계가 삼엄하니.'

의심할 수 있는 대상은 마법진 하나뿐.

공간 이동용 마법진으로만 생각했었는데 아무래도 데스나이트들의 중심에 있는 마법진들에 무언가가 숨겨져있는 것 같았다.

문제는 마법진 주변으로 4마리의 데스나이트가 지키고 있어서 확인할 수가 없다는 것.

'최수민이 데스나이트를 연습 상대로 생각하고 있는 동안은 억지로 마법진을 살펴볼 필요는 없겠지.'

만약, 혹시라도 아주 만약에 위험한 상황이 온다면 마법진을 공격해서 없애겠다는 생각을 하고 있는 레나였다.

◇

"또 왔습니다. 한 수 부탁드려요."

대답없는 데스나이트에 대한 인사.

말 없는 그는 마법진 근처에 오는 침입자를 막기 위해 검을 뽑아들었다.

데스나이트의 검에 은은하게 마나가 맺히기 시작했고, 그것을 본 최수민도 자신의 검에 푸른 색 마나를 잔뜩 주입시켰다.

까앙!

두 사람의 검이 부딪히는 것을 시작으로 두 사람의 싸움이 시작되었다.

앙상한 뼈로 이루어져있는 팔로 가볍게 검을 움직이는 데스나이트.

예전이었다면 눈 뜨고 그대로 당했을 공격이지만 최수민은 검의 궤적을 따라가며 부드럽게 공격을 막아냈다.

죽어 있지만 살아 있을 때처럼 유동적으로 공격을 해오는 데스나이트.

그 것은 무엇보다 좋은 연습 상대였다.

'공격은 눈에 익었다.'

변화무쌍한 공격에도 일정한 패턴은 있었다. 아마 이 소드 마스터는 기사 출신이었을 것이다.

철저한 방어에 그쳤던 첫 싸움과 달리 이제는 공격을 막으며 날카로운 반격을 하기 시작했다.

최수민의 검이 데스나이트의 오른쪽 팔을 향하자 반사적으로 검을 틀어막는 데스나이트.

막음과 동시에 검을 휘둘러서 최수민의 목을 노려왔다.

휘이익!

부드럽게 휘둘렀지만 공기가 갈라지는 소리는 최수민의 간담을 서늘하게 만들기 충분했다.

'미친. 어떻게 이런 공격이 가능한 거야?'

데스나이트의 공격에 감탄하면서도 그 공격을 몸에 새긴다.

데스나이트를 연습 상대로 생각하고 있는 최수민이었지만 데스나이트는 최수민을 죽여야 할 상대로만 생각하고 있었다.

그래서 목, 심장 등 한 번에 죽일 수 있는 곳만 골라서 공격을 해오고 있었다.

그럼에도 불구하고 예상할 수 없는 곳에서 나오는 공격들은 막아내기가 힘들었다.

'이젠 적당히 다음 데스나이트로 넘어가야하는데.'

마법진 주변을 지키는 데스나이트는 총 4마리.

같은 소드 마스터라고 해도 쓰는 검술이 다르고 실력이 다를 것이다.

최수민의 목표는 데스나이트를 하나씩 하나씩 상대해서 4마리를 모두 처리하는 것.

최수민과 데스나이트의 싸움은 30분이 넘게 이어졌고 최수민은 결국 다시 레나가 있는 곳으로 돌아갔다.

"이번에도 배울 게 있었어?"

30분 동안 홀로 시간을 보내던 레나는 최수민이 돌아오자 반갑게 맞이해주었다.

같이 가고 싶은 마음도 있었지만 데스나이트에게 밀리며 상처를 입고 있는 최수민의 모습을 보는 게 편하지 않았기에 기다리고 있었을 뿐.

몸에서 흐르고 있는 피가 멎으며 벌어진 상처가 아물어가고 있는 최수민은 레나를 보며 방긋 웃었다.

"아. 이번에도 많이 배웠어요. 진짜 상상하지도 못한 궤도로 공격을 해오더라구요."

매번 기록이라도 남겨두고 싶었지만 따로 기록을 남겨둘
수 있는 것이 없었다.

대신 몸에 체득하는 방법으로 몸에 기록을 남기고 있었다.

"너도 참 대단하다. 지겹지도 않아?"

"지겹긴요. 새로운 걸 계속 배우면서 언젠간 이길 수 있
다는 생각에 설레기만 하는 걸요?"

마치 게임을 할 때 잡지 못하는 보스 몬스터를 향해 계속
해서 도전하는 기분이었다.

끊임없는 실패와 끊임없는 도전 그 끝에 보스 몬스터를
해치웠을 때 오는 쾌감.

실력향상도 실력향상이지만 그것을 위해 지금껏 노력하
고 있는지도 몰랐다.

그게 바로 게임이 주는 중독성중 일부니까.

다른 사람들은 생계를 위해 론디움에서 사냥을 하고 있
다면 지금 최수민은 순수하게 게임을 즐기는 것처럼 론디
움에서 사냥을 하고 있었다.

그만큼 빠르게 성장하고 있다는 것은 두말할 필요가 없
었다.

비록 지금은 비교할 대상이 데스나이트밖에 없지만.

데스나이트를 상대로도 점점 버티는 시간이 많아지고 있
으니 나름 만족할 수 있었다.

그 시간이 늘어나는 만큼 실력이 늘어가고 있고 언젠간
데스나이트를 잡을 수 있다는 소리니까.

"그래? 다행이다."

레나는 준비해놓았던 요리를 최수민에게 건네주었다.

몇 천 년이 넘는 세월을 살아온 레나는 요리, 음악, 미술 등 못하는 것이 없었다.

백년도 못 살아가는 인간들도 해낼 수 있는 것은 당연히 해낼 수 있었다.

레나 말로는 조금씩 시간이 남을 때마다 가끔 했다고 하지만 수천 년 중 조금이라는 시간이 얼마나 길었을지는 상상조차 하기 힘들었다.

"잘 먹을게요."

최수민이 음식을 먹는 모습을 흐뭇하게 바라보는 레나.

그리고 최수민은 음식을 먹자마자 조금의 휴식을 취한 후 다시 데스나이트와 싸우러 달려갔다.

최수민이 데스나이트와의 합숙을 하고 있을 때.

한국을 위주로 하나의 동영상이 인기를 끌고 있었다.

5분 남짓한 길이의 영상.

그 영상은 마치 영화를 보는 듯했다.

특수효과를 구사해놓은 듯한 동영상에서는 파란 빛과 검은 빛이 몇 번 부딪혔고 그것들이 부딪힐 때마다 거대한 폭발을 일으켰다.

그 주변에는 고속도로에 버려진 차들이 가득했고, 동영상 시작시점에 있었던 사람들의 비명소리는 동영상이 진행되어 갈수록 환호성으로 바뀌기 시작했다.

그리고 영상 가장 앞에 보이는 것은 빨강 머리가 찰랑찰랑 거리고 있는 여자.

뒷모습만 보였지만 얼굴이 아름다울 것 같다는 것은 누구나 알 수 있었다.

그 여자의 앞에서 보이는 것은 파란 머리의 남자가 검을 휘두르며 싸우고 있는 장면.

영상의 끝부분에서는 파란 머리 남자가 상대방을 죽였고 뒤돌아서 걸어오는 장면이 있었다.

그리고 빨간 머리 여자가 카메라를 향해 뒤돌아보자 예상대로 엄청나게 아름다운 여인이 보였고 그 것이 동영상의 마지막 장면이었다.

마치 영화 예고편을 보는 듯한 장면.

이 동영상을 본 사람들은 모두가 비슷한 생각을 하고 있었다.

[와… 진짜 개쩐다. 무능한 능력자 협회 사람들이랑은 다르네….]

[예전에 서울에 몬스터들이 나왔을 때도 파란 머리랑 빨간 머리, 그리고 백발의 노인이 해결했다고 하는 소문이 돌던데 진짜가보네.]

[이 사람들 그 때 그 사진에 올라온 사람 아니야? 자세히

17

보니까 맞는 것 같은데. 진짜 연예인보다 더 연예인같은 사람들. 외모만 뛰어난 게 아니라 능력자였어? 능력자들은 얼굴까지 잘 생기게 바꿀 수 있는 건가?]

[그건 아님. 내가 아는 능력자는 동네 아저씨임.]

[맞음. 내가 아는 능력자도 완전 동네 백수처럼 생겼음. 좋은 집에 살긴 하더라.]

[한국 사람인가? 생긴건 외국인같은데 매번 한국에서 보이는 것 같네.]

[그게 중요해? 한국을 구해준 사람이잖아. 한 번도 아니고 두 번이나.]

동영상에 달려있는 댓글들은 외모를 칭찬하는 것들도 많았지만 대부분이 한국을 구해준 영웅이라는 칭찬이 많았다.

무력 길드원들과 지혜 길드원들도 중급 마족 하나를 처리하긴 했지만 그들은 다수가 중급 마족 한 마리를 잡은 것.

최수민은 중급 마족을 혼자 상대했기 때문에 사람들을 더 열광하게 만들었다.

"이 사람이 정말 우리나라 사람인가? 확인된 것은 얼마나 있지?"

세계 최대의 동영상 사이트 무투브에 올라온 동영상은 일반적인 가정집이 아니라 청와대에서 재생되고 있었다.

대통령, 국무총리를 비롯한 한국에 있는 고위직들이 한자리에 앉아서 말 없이 5분가량의 동영상을 보았고 동영상이 끝나고 나서야 이야기를 시작했다.

"확실히 확인된 것은 없습니다만, 예전 한승진이 희생되었던 서울사태 때 생존자들의 말로는 파란 머리의 남자는 정확히 한국말을 구사했다고 합니다."

한승진이 희생되었던 때, 생존자들에 의해 들은 정보.

분명 한국말을 하는 것은 확인했다.

물론 국적에 대해서는 아는 것이 없고 그 이후에도 이것저것 정보를 수집해보려고 했으나 최수민에 대해 알려진 것은 전혀 없었다.

"한국말을 했다면 우리나라 국민일 가능성이 높겠군. 그런데 정보를 확인할 수가 없다니. 제대로 확인하고 있는 거 맞아?"

답답한 상황.

사건이 있었던지가 벌써 20일이 넘게 지났다.

그런데도 아직 확인이 된 것이 없다고 하니 대통령의 입에서 호통이 나왔다.

"그… 그것이 생긴 것이 한국 사람 같지 않기도 하고 아무런 정보가 없는지라… 출입국 기록에도 없고…."

"그걸 알아내는 게 자네가 할 일 아닌가?"

"죄송합니다."

"죄송하다고만 하지 말고 다른 일 모두 제쳐두고 이 사람부터 찾아와. 알겠어?"

"네. 알겠습니다."

모든 현안을 제쳐두고 최수민을 찾으라는 대통령의 명령.

현재 상황이 상황인만큼 아무도 그 명령에 토를 달지 못했다.

무엇보다 최수민을 찾는 것이 우선이라는 것을 알고 있었으니까.

"각자 어떤 방법을 써서라도 꼭 이 사람을 내 눈 앞에 데려와. 알겠어?"

"네. 알겠습니다."

최수민은 전혀 모르는 사이 최근 한국에서 가장 뜨거운 인물이 되어 대통령부터 어린 아이까지 모두가 최수민을 찾고 있는 상황이 되었다.

'좋은 기회다. 이런 반전 카드가 내 손에 들어오다니. 그냥 죽으라는 법은 없군.'

청와대에서 최수민을 찾는다는 소식은 아주 당연하게도 임동호의 귀에 들어갔다.

한국을 대표하는 무력 길드의 길드장답게 최초 서울 사태때부터 최수민을 찾는다는 소식을 들었었지만 그때는 말하지 않았다.

'최수민은 우리가 보호해야할 카드인데 쉽게 공개할 수가 없었지.'

최수민을 먼저 공개했다가 무슨 일이 일어났을지도 몰랐다.

그러나 상황이 달라졌다.

중급 마족 사건 이후 론디움내에서 총군 연합의 편을 드는 능력자들이 많아졌다.

이제 정말 론디움이 사라질 수도 있겠다는 생각이 사람들 머릿속에 퍼진 것.

그것 때문에 내 일자리는 내가 지킨다는 것처럼 모두가 자원해서 던전을 지키기 시작했고, 그 던전을 건드리면 론디움에 있는 모든 능력자들을 적으로 돌려야했다.

그것뿐만이 아니었다.

총군 연합은 어떻게 했는지는 몰라도 지구를 지킨다는 명목하에 모든 나라들의 지원을 받고 있었다.

그것 때문에 봉인된 마법진을 해제하고 마족들을 물리치려면 이제 론디움만 적으로 돌리는 것이 아니라 모든 사람들을 적으로 돌려야했다.

그런 상황에서 떠오른 카드 최수민.

'최수민을 활용해서 이 상황을 타개한다.'

지금 최수민의 인기는 절정.

동영상 하나로 엄청난 인기를 누리고 있었고, 최수민을 잘 활용해서 이미지 메이킹을 한다면 한국뿐만 아니라 전 세계 사람들의 인식을 바꿀 수도 있었다.

지금 필요한 것은 논리적인 주장을 하는 사람이 아니라 사람들의 감정에 호소할 수 있는 인지도 있는 사람.

그것은 일부러 만들어내려고해도 쉽지 않은 일이다.

그러나 지금 최수민은 우연히 누군가가 올린 동영상 덕분에 정체만 알려지면 쉽게 슈퍼 스타가 될 수 있는 상황.

생각을 모두 마친 임동호는 휴대폰을 손에 들었다.

"여보세요?"

"네. 무력 길드의 임동호입니다."

"아이고. 무슨 일로 전화를 주셨어요? 바쁘실 텐데 잘 지내고 계신가요?"

전화기 너머로 들려오는 공손한 목소리.

사실상 지금 대한민국 최고의 자리나 마찬가지인 무력 길드장인만큼 당연할 수밖에 없는 태도였다.

잠시 뜸을 들인 후 이야기를 시작하는 임동호.

"저번에 연락주셨던 그 사람. 파란 머리말입니다."

"파란… 파란 머리요? 예. 기억하고 있습니다. 안그래도 지금 대통령께서 파란 머리를 찾아오라고 아주 호통을 치셔서 지금 청와대가 난리가 났습니다."

그렇겠지. 지금 대한민국이 아니라 전 세계에서 난리가 날지도 모르니까.

최수민처럼 중급 마족을 혼자 물리칠 수 있는 사람이 아예 없는 것은 아니다.

하지만 그것이 대놓고 알려진 최수민은 지금 전 세계에서 가장 핫한 사람이 될 수밖에 없었다.

'그러니까 지금 빠르게 해결해야지.'

시간이 지나서 최수민의 가치가 하락하기전에 해결을 할 생각이었다.

　"그 파란 머리가 누군지, 그리고 어디있는지 알고 있습니다."

　"……."

　임동호의 말에 말을 잃은 사람.

　"누구에요? 한국 사람인가요? 아. 아닙니다. 제가 지금 그쪽으로 찾아가겠습니다. 길드 건물에 계신가요?"

　"네. 여기서 뵙죠. 기다리고 있겠습니다."

　임동호의 생각대로 정부 사람은 바로 최수민이라는 미끼를 물었다.

　남은 것은 최수민에 대해서 어떻게 정부와 이야기를 할 것인가.

　'아쉬운 것은 그쪽이니 최수민 문제는 걱정할 게 없겠군.'

　전화를 끊은 임동호는 정부측 인사를 맞이할 준비를 하기 시작했다.

◇

　"네? 뭐라구요?"

　데스나이트와의 또 다른 싸움을 하고온 최수민의 반지에 태수의 반지를 통한 임동호의 연락이 전해져왔다.

태수의 반지를 알려준지 거의 이주가 다 되어갈때가 되어서야 연락을 한 임동호는 최수민이 전혀 상상도 하지 못한 이야기를 했다.

"왜 무슨 이야기길래 그렇게 놀라는 거야?"

최수민의 놀라는 목소리에 레나가 더 놀라서 최수민에게 물어보았다.

"그러니까… 음…."

아직까지 최수민도 임동호의 이야기를 모두 다 받아들이지 못한 상태였다.

"지금 어디있는지는 모르겠지만 한국에 돌아오면 아주 난리가 났을 거야. 너 때문에."

"그러니까 무슨 일 때문에 그러는 거에요? 뭐 누가 절 잡으러 오기라도 한다는 거에요?"

임동호의 알 수 없는 소리.

그것이 최수민의 궁금증을 더 증폭시켰다.

"누가 잡으러 가긴하겠지. 기자들이나 청와대에서 있는 사람들이 말이야."

"네?"

"얼마전에 한국에 나타났던 중급 마족있지? 네가 중급 마족을 죽였던 동영상이 무튜브에 퍼졌어. 그리고 당연하게도 조회수가 폭발했지. 그래서 넌 지금 한국, 아니 조만간 전세계에 이름이 퍼질거야. 그래서 정부에서도 널 만나려고 하는거고. 내가 일단 적당히 이야기를 해주었으니

거의 국빈급 대우를 해줄테니 걱정하지말고."

나쁜일은 아닌 모양이다.

그건 그렇고 청와대에서 그것도 대통령이 찾는다니 할 말이 생각나지 않았다.

전혀 상상도 못했던 일이니까.

"……."

"뭐 놀랄 수 밖에 없는 이야기지. 바쁘지 않다면 조만간 길드 건물로 와. 나랑 같이 청와대로 가자."

지금 당장 가야하나 하는 생각이 들었지만 금세 생각을 바꾸었다.

데스나이트와의 싸움의 리듬을 깨고 싶지 않았다. 아무리 오래 걸려도 데스나이트 한 마리와의 싸움은 끝내고 돌아가고 싶었다.

"지금은 제가 바빠서 당장은 못 가고 갈 수 있을 때 연락을 드릴게요."

"그래. 대신 너무 늦지 않게 오라고."

그 말을 끝으로 임동호와의 대화가 끝났다.

'대통령이라고? 청와대?'

전혀 상상하지도 못했던 일이 일어나고 있었다.

단지 게임을 하듯이 론디움에서 사냥만 열심히 했고, 마족에 대한 증오로 마족을 잡은 것 밖에 없었다.

그런데 유명해지고 대통령까지 만나게 되다니.

역시 인생은 알 수 없는 곳에서 일이 일어나는구나 하는 생각이 들었다.

'그래도 일단은 데스나이트를 잡는데 집중해야지.'

임동호와의 대화를 끝낸 최수민은 다시 한 번 데스나이트에게 검술을 배우러 달려갔다.

여전히 최수민을 기다리고 있는 데스나이트.

시간이 지날수록 데스나이트와의 실력 차이는 점점 줄어들었고 이제는 최수민도 데스나이트의 공격에 일방적으로 당하지 않고 조금씩 데스나이트의 공격을 예측하며 피해낼 수 있었다.

'이제 조금만, 조금만 더 하면 데스나이트를 잡을 수 있다.'

근거 없는 자신감이 아닌 수십 번, 아니 백 번이 넘는 데스나이트와의 목숨을 건 사투 끝에 알아낸 것.

이제 데스나이트와 싸울 날도 얼마 남지 않았다.

까앙!

언제나처럼 최수민과 데스나이트의 검이 부딪히는 것으로 싸움이 시작되었다.

데스나이트와 싸운지 20일째 되던 날.

마침내 최수민은 데스나이트의 검이 아닌 몸을 때리는 것을 성공했다.

아주 작은 상처를 남겼지만 그것만 해도 엄청난 발전.

물론 그 공격을 하기 위해 전력을 다했기에 그 이후에 이어지는 데스나이트의 공격을 피하지 못했고, 하마터면 죽을 뻔한 위기를 넘긴 후 레나에게 돌아갔다.

25일째 되던 날.

서걱.

최수민의 푸른 마나를 머금은 검이 데스나이트의 가슴팍을 길게 베어놓았다.

빛나던 데스나이트의 갑옷을 길게 그어놓은 최수민의 검.

데스나이트는 공격을 허용한 후에 최수민의 가슴을 향해 검을 박아넣었지만 몸을 옆으로 슬쩍 돌리며 데스나이트의 공격을 피해냈다.

'좋았어. 오늘이야말로 이 녀석을 처치한다.'

이길 수 있다는 생각에 심취한 최수민.

데스나이트의 검을 피한 후 데스나이트의 목을 향해 검을 크게 휘둘렀다.

휘이익.

그러나 이번 공격으로 끝내겠다는 생각을 가진 최수민의 공격은 데스나이트가 피하기 너무 쉬운 공격이었고 오히려 최수민의 복부에 데스나이트의 검이 박혔다.

순간의 방심이 생명을 위협할 뻔한 상황.

최수민은 살을 주고 뼈를 취하려는 생각에 복부에 검이 박힌 채로 데스나이트의 오른팔을 향해 검을 휘둘렀다.

어차피 복부의 상처는 회복될 것이고, 이번 공격으로 데스나이트를 쓰러뜨리면 최수민이 이기는 것이니까.

그러나 데스나이트는 만만한 상대가 아니었다.

최수민의 복부에 박힌 검을 오른쪽으로 그으며 빼낸 후 다시 한 번 최수민의 목을 노려왔다.

'이건 위험하다.'

데스나이트의 팔을 떼어놓고 자신의 목을 내준다는 것은 말이 안되는 상황.

최수민은 결국 데스나이트의 검을 막은 후 상처를 회복하기 위해 물러났다.

27일째.

데스나이트와 싸우러 가려고 하던 최수민에게 임동호의 연락이 왔다.

"아직 바쁜가보네? 대통령이 계속 연락이 와서 말이야. 웬만하면 이제 한 번쯤 왔으면 하는데. 잠시 시간이 안되나?"

가려고 마음만 먹으면 언제든지 갈 수 있었다.

하지만 이제 데스나이트를 잡을 수 있다는 희망이 점점 커지고 있는 상황.

조금이라도 쉬어서 리듬을 깨고 싶지 않았다.

어차피 급한 것은 최수민이 아니라 대통령이었으니까.

"네. 아직 바쁜데 아마 조만간 만나러 갈 수 있을 것 같아요. 그리고 제가 꼭 가야하나요?"

게다가 격식을 갖춰야 할 자리에 꼭 참가하고 싶지도 않았다.

다른 사람도 아니고 대통령과의 자리.

"그래. 대통령이 꼭 너를 만나고 싶어하니까. 뭐 급한 쪽은 대통령이니까 기다릴 수 밖에 없겠지. 하던 일 다되면 여기로 오는 것만 까먹지 말라고."

"알겠어요. 꼭 명심하도록 하죠."

임동호와의 대화를 끝낸 최수민은 다시 한 번 데스나이트와의 싸움을 준비하고 있었다.

"요즘 생기는 상처가 너무 큰 것 같은데 조심해. 예전보다 실력은 늘었을텐데 왜 계속 큰 상처를 입어서 오는지 몰라."

레나는 그런 최수민을 보며 걱정된다는 듯이 말했다.

분명 데스나이트와 싸우는 시간이 점점 늘어가고 있었지만 요즘은 몸에 치명상을 입어서 오는 경우가 허다했다.

데스나이트와 싸우는 모습을 보지 않아서 왜 그런지는 알 수 없었지만 정말 최수민이 데스나이트에게 죽지 않을까 하는 걱정이 되었다.

"데스나이트정도 잡으려면 팔 한쪽 정도는 내줄 각오는 해야죠."

물론 4마리의 데스나이트를 잡기 위해선 그런 일이 일어나서는 안된다.

"그런 말 하면 이제 나도 여기서 기다리기만 하진 않을 거야. 가서 데스나이트 녀석들을 같이 공격해서 처리해버릴 테니까."

최수민의 실력 향상이라는 이유로 그냥 보고만 있었지만 최수민이 하는 말을 들으니 더욱 더 걱정이 되었다.

"아니에요. 이제 진짜 제가 데스나이트를 쓰러뜨릴 수 있을 것 같다구요."

그게 언제가 될지는 모르지만 조만간 데스나이트 하나를 처리하고 레나에게 승전보를 알려줄 수 있을 것이다.

"자신감이 넘치는걸 보니 내가 걱정을 해야하는 건지 말아야 하는 건지도 모르겠네."

"걱정하지 마세요. 오늘은 제가 데스나이트의 머리를 들고 오죠."

짧은 대화를 마친 후 최수민은 다시 한 번 데스나이트를 향해 달려갔다.

"기다리고 있었냐? 피곤하지도 않고 아주 편하겠어. 죽은 몸이라서 말이야."

데스나이트의 갑옷엔 최수민이 새겨놓은 흔적들이 가득했다.

팔과 다리를 이루고 있는 뼈에도 긁힌듯한 흔적들이 남아있었지만 검을 들고 당당하게 서있었다.

비록 죽은 몸이지만 그래도 무언가를 지키기 위해 절대 비켜줄 수 없다는 것처럼.

데스나이트와 벌써 수백번도 넘게 검을 맞대어본 최수민은 정확한 사정은 몰라도 데스나이트가 무언가를 지키고

집중
능력자 7

있다는 것을 어렴풋이 알 수 있었다.

마치 자신이 환상 마법진에서 부모님을 지키기 위해 검을 휘둘렀던 감정이 데스나이트에게서 느껴졌다.

"죽어서도 무엇을 그렇게 지키고 하는지는 모르겠지만 나에겐 넘어야할 관문일 뿐이야. 미안하지만 오늘은 널 죽이겠다."

죽은 대상에게 다시 죽이겠다고 하는 것이 이상하긴 했지만 최수민은 검을 들고 데스나이트를 향해 도약했다.

까앙!

언제나처럼 둘의 검이 마주치는 소리가 지하를 울렸고 최수민의 검은 데스나이트의 목을 향했고 데스나이트의 검은 최수민의 심장을 향했다.

◇

빠가각.

더 이상 최수민과 데스나이트의 싸움을 알리는 소리는 울리지 않았다.

검과 검이 부딪히는 소리대신 해골이 부서지는 거친 소리만이 동굴을 울렸다.

최수민의 가슴팍에서는 피가 흘러내리고 있었고 데스나이트의 목은 떨어져서 땅바닥을 구르고 있었다.

'한 걸음. 부족했던 이 한 걸음이 아니었다면 땅에 구르고

있는 건 나였을지도 모르겠군.'

데스나이트와 검을 마주치기 전 최수민은 가슴을 향해 날아오는 검을 뒤로 피하려고 하지 않고 오히려 앞으로 다가가면서 피해냈다.

그 때문에 가슴팍을 길게 베이는 것을 피할 수 없었지만 치명상은 피해냈고 그와 동시에 데스나이트의 목을 치는데 성공했다.

상처가 회복되는 최수민과는 다르게 체력은 무한했지만 상처는 회복이 되지 않는 데스나이트였기에 단 한번의 공격으로 끝장낼 수 있었다.

한 번의 공격이 아닌 거의 한 달동안 데스나이트의 몸에 하나 둘씩 새겨놓은 최수민의 땀방울, 그리고 피가 만들어 낸 최수민 노력의 성과였다.

'해냈다.'

불가능할 것 같았던 보스 몬스터 잡기.

분명 레나와 함께 하면 더 쉬웠을 것이고 엘을 부르거나 마법을 사용했어도 더 쉽게 잡을 수 있었을 것이다.

그러나 검술을 늘리겠다는 일념하에 오로지 검만으로 데스나이트를 쓰러뜨리는 것을 성공했다.

기본이 되는 검술을 제대로 향상시켜놓으면 언제든지 마법과 함께 사용한다던지 엘이나 레나와 함께 협공하는 것이 가능했다.

지금이 아니고서야 검술을 제대로 늘릴 기회가 없을 것

이라고 판단한 최수민의 생각이 옳았다.

목숨을 걸고 검을 휘두른 만큼 검술은 날이 갈수록 발전했고 결국 소드 마스터였던 데스나이트의 목을 따내는 것도 성공했다.

그동안 레벨은 전혀 올리지 못했지만 레벨을 올리는 것보다 더 값진 것을 얻었다고 생각하던 찰나 여러개의 메시지창이 최수민의 시야를 가렸다.

[레벨이 올랐습니다.]

[레벨이 올랐습니다.]

[레벨이 올랐습니다.]

계속 오르는 레벨.

그리고 그와 함께 또 다른 메시지창도 생겨났다.

[랭크셔 제국의 소드 마스터였던 기사 이사르에게 최후의 안식을 선물해주었습니다. 보상으로 이사르의 망토가 주어집니다.]

최수민의 인벤토리 안에 이사르의 망토가 들어오더니 목이 사라진 데스나이트, 그러니까 이사르의 몸에서 무언가가 흘러나왔다.

연기같은 것이 흘러나오더니 그것은 사람의 형상을 만들기 시작했다.

이윽고 만들어진 형상은 사람의 얼굴을 만들었고 그 얼굴은 젊지 않은 적어도 40살은 넘어보이는 사람의 얼굴을 만들어냈다.

어느새 무언가 심상치 않다고 느낀 레나도 최수민의 옆으로 와있었다.

"진짜 데스나이트를 물리쳤네. 근데 이건 또 뭐야?"

데스나이트가 있던 곳에 생겨난 사람의 형상.

그것을 가리키며 물어보았지만 최수민도 그것을 알 리가 없었다. 단지 데스나이트가 죽으면서 생겨난 것일뿐.

"저도 잘 모르겠어요."

[이사르의 영혼이 되살아납니다.]

궁금해하고있는 최수민에게 답을 전해주듯 사람의 형상의 정체를 알려주었다.

생각보다 메시지창이 도움이 많이 되는군.

[나를 해방시켜준 그대는 누구인가? 랭크셔 제국의 후예인가, 아니면 마족인가? 그렇지 않다면 이 세계가 아닌 다른 세계의 존재인가?]

이사르는 정신을 차리자마자 인사도 없이 바로 질문을 던져왔다.

나름 이사르와 한 달이 넘게 검을 섞으며 정이 들었다고 생각했는데.

"음. 저는 최수민이라고 합니다. 지구라는 곳에서 왔구요."

지구라는 곳을 알까?

하지만 이 세계가 아닌 다른 세계의 존재라는 것을 언급한 것으로 보아서는 다른 세계가 있다는 것을 알고있는 듯했다.

[지구라. 처음 듣는 곳이군. 그 곳에는 마족이 나타나지 않았나? 나를 쓰러뜨릴 정도로 강한 사람이니 마족이 나타나도 걱정은 없겠군.]

"이봐. 그것보다 너희를 그렇게 만든 녀석은 어디있지? 해골들을 조종하고 소드 마스터를 데스나이트로 만들정도로 강한 리치나 네크로맨서 말이야."

이사르의 말을 듣던 레나는 이때까지 가져왔던 의문을 해결하기 위해 질문을 던졌다.

데스나이트 상태라면 자신을 만든 자의 노예이기 때문에 대답을 할 수 없지만 지금 이사르는 어떻게 된 것인지 몰라도 데스나이트 상태에서 다시 한 번 죽었지만 영혼이 되어 눈 앞에 나타나있다.

레나의 의문에 대답을 해주기에 이사르만큼 좋은 존재도 없었다.

[네크로맨서? 리치? 그런 것은 존재하지 않는다.]

"그럼 어떻게 데스나이트가 된거지? 흑마법이 아니고서야 그럴수가 없을텐데? 데스나이트가 되었을 때의 기억은 전혀 없는 건가?"

부모가 없이는 자식이 태어나지 못하는 것처럼 네크로맨서나 리치가 없이 데스나이트나 언데드몬스터가 나타날 수 없다.

[이야기가 길어질 것 같군. 다행히 나는 죽은 사람이니 충분한 시간이 있지만 그대들은 어떤가?]

"우리도 충분해."

레나는 최수민의 의견따윈 물어보지 않은채 대답했다. 근 한 달이 되도록 궁금해왔던 것을 해결할 수 있는 기회니까.

[좋다. 그럼 이야기를 시작하지.]

최수민도 이사르의 이야기가 궁금했다는 듯이 아예 바닥에 자리를 잡고 앉아버렸다.

[내가 살았던 곳은 랭크셔 제국. 그 랭크셔 제국은 마족에….]

"됐고. 다 아는 이야기니까 내가 궁금한 것만 말해. 어떻게 데스나이트가 되었는지, 그리고 뱀파이어에 대해서."

최수민이 환상 마법진에 들어간동안 전부 들은 얘기를 반복하려는 이사르의 말을 레나가 빠르게 잘랐다.

최수민도 퀘스트 창을 통해서 대략적으로 알고 있는 이야기였기에 레나의 말에 토를 달지 않았다.

[뱀파이어에 대해서 알다니? 너희들 정체가 무엇인가? 뱀파이어와 한패였단 말인가?]

뱀파이어라는 이야기가 나오자 이사르는 주먹을 불끈 쥐었다.

그리고는 최수민과 레나를 믿을 수 없다는 듯한 눈빛을 보여주었다.

하지만 그뿐. 이미 죽은 그가 할 수 있는 것이라고는 이야기를 이어나가는 것이외에 할 수 있는 것이 없었다.

"믿을지 모르겠지만 우리는 뱀파이어와 관련이 없으니까 계속 이야기해봐. 뱀파이어가 무슨 짓을 했는지 몰라도 난 뱀파이어를 잡으러 갈 생각이니까. 그 놈이 어디있는지 알려주면 더 좋고."

최수민도 레나의 분위기에 편승해서 이사르에게 자연스럽게 반말을 내뱉었다.

[크흠. 그래. 랭크셔 제국이 마족에 의해 멸망했다는 것은 이미 알고 있는 듯 하니 이야기를 하자면 그 마족은 평범한 마족이 아니라 뱀파이어였지. 어떻게 그 뱀파이어에 대해서 아는지는 모르겠지만.]

자세히는 알지 못한다. 단지 죽은 모습을 보고 레나가 유추했을 뿐.

이사르는 레나의 추측이 맞았다는 것을 확인시켜준 후 이야기를 계속 이어갔다.

[알다시피 뱀파이어는 사람들의 피를 빨아먹으며 점점 강해지지. 그런 뱀파이어들을 빠르게 해치우지 못했던 것이 우리의 패인이었다네. 아마 랭크셔 제국내의 분열이 없었다면. 그래서 뱀파이어들을 빠르게 잡았다면 랭크셔 제국은 아직까지 번영하고 있었겠지.]

마족이 무서운 것은 알고 있지만 랭크셔 제국의 분열은 너무나 심했다.

뱀파이어들이 설치고 있음에도 불구하고 언제든지 잡을 수 있다라고 생각을 했고 뱀파이어들을 심한 견제를 받지 않은채로 점점 강해졌다.

약한 뱀파이어들을 조금씩 잡으면서 사람들에게 뱀파이어를 잡았다는 것을 보여주면 사람들은 안심했고, 강한 뱀파이어들은 몸을 숨긴채 사람들을 해치우며 조금씩 조금씩 힘을 키워왔다.

[소드 마스터가 4명. 그리고 마법사들, 다수의 기사들이 있으니까 뱀파이어는 충분히 막을 수 있을거라고 생각했었지.]

누구나 그럴싸한 계획을 가지고 있다. 박살나기 전까지는.

[그러나 마지막에 남은 뱀파이어는 너무 강했어. 소드 마스터가 4명이나 있었지만 그 놈은 우리와 싸우다가 불리할 때면 도망가서 다른 사람들의 피를 빨아먹고 조금 더 강해진 상태로 우리를 공격하러 왔지.]

당시를 회상하는 이사르의 얼굴에는 절망이 가득했다.

뱀파이어를 압도하지 못하는 실력.

그렇다고 뱀파이어에게 당할 정도도 아니었다.

하지만 뱀파이어는 많은 사람들을 죽이며 조금씩 강해져서 돌아왔다.

소드 마스터인 이사르와 나머지 사람들이 뱀파이어에게 자신들이 죽는 것은 시간문제라고 생각할 무렵.

"뱀파이어가 그렇게 강하단 말이야? 그럼 그 뱀파이어는 어떻게 된 거야?"

이사르가 말을 이어가려고 하는 사이 레나가 끼어들었다.

잡종
늘려자 7

뱀파이어가 강해질 수 있다고는 이사르가 말하고 있는 뱀파이어는 상식을 파괴할 정도로 강했다.

[결론부터 말하자면 나는, 아니 여기 있는 우리 모두는 그 뱀파이어의 행방을 알지 못해.]

"그럼 결국 직접 찾으러 가야하는 건가?"

잘부르크에 오면서 뱀파이어와도 싸울 수 있을 거라는 생각을 가지고 있었는데 그건 힘들게 되었다.

잘부르크에서 거의 한 달을 보내는 동안 뱀파이어의 흔적은 전혀 찾아볼 수 없었다.

남은 방법은 어떻게든 직접 뱀파이어를 찾는 수 밖에.

'이사르의 이야기를 들어보니 함부로 덤볐다간 내가 뱀파이어의 밥이 되는 수가 있겠군.'

[우리가 왜 데스나이트가 되었는지가 궁금하겠군. 다시 한 번 말하자면 여기는 네크로맨서나 리치따위는 없다.]

이사르의 말이 계속 이어졌다.

랭크셔 제국이 멸망하고 남은 사람들은 잘부르크 지하에 도시를 만들어서 생활했다.

그러나 그것도 잠시.

뱀파이어는 지하에 있는 도시마저 발견하고 랭크셔 제국의 씨를 말려버리겠다는 듯 다시 공격을 해왔다.

[남은 사람이라도 살려야겠다는 일념으로 우리는 뱀파이어와 싸우며 시간을 벌었지. 그동안 마법사들은 사람들을 다른 공간으로 보내는 마법진을 만들었고.]

이사르는 손가락으로 자신의 뒤쪽에 있는 거대한 마법진을 가리켰다.

"저 마법진이 그런 곳이었군. 많은 사람들을 보내기 위해서 저렇게 거대한 마법진을."

[너희들 정체가 뭐야? 저 마법진에 대해서도 이미 알고 있는 것인가?]

이사르는 다시 한 번 놀라며 최수민과 레나에게 물어보았다.

"저 마법진? 알지. 사람은 하나도 없고 몬스터들만 가득한 곳."

최수민의 대답에 이사르의 눈동자가 파르르하며 떨리기 시작했다.

[모두…죽었단 말인가? 나는 대체 왜 이곳을 지키고 있었던 것이지?]

무언가를 지키는 것 같다는 느낌을 받았던 최수민.

이사르의 반응을 보니 그 느낌이 사실이었다는 것을 쉽게 알 수 있었다.

"무엇을 지키고 있었던거지?"

[마법진 속으로 들어간 랭크셔 제국 최후의 사람들. 그리고 나의 가족.]

하지만 이제 그들은 존재하지 않는다.

[이렇게 될 줄 알았다면 차라리 인간답게 죽는 것을 택할 것을….]

슬프게 들리는 이사르의 목소리.

하지만 이사르는 금방 정신을 차리고 이야기를 이어갔다.

[이야기를 듣는 대가로 우리를 이렇게 만든 뱀파이어를 꼭 찾아 복수를 해주게. 아까 말한 것처럼 우리는 이 마법진을 지키기 위해 이 모습으로 변했지. 너무 강해져버린 뱀파이어를 상대할 수 있는 방법은 한 가지 밖에 없었어. 바로 뱀파이어가 강해질 수 있고 체력회복을 할 수 있는 방법을 애초에 차단하는 것.]

뱀파이어가 소드 마스터 4명을 상대로 계속 싸울 수 있었던 것은 주위에 살아있는 사람들이 많았기 때문이었다.

불리한 상황이 되면 주위에 있는 사람들의 피를 빨아 먹으며 체력을 회복하고 더 강해져서 왔으니까.

"설마."

그 방법을 사용하지 못하게 하려면?

간단하게는 뱀파이어를 죽이거나.

또는 뱀파이어가 피를 빨아먹을 수 있는 대상을 모두 없애버리거나.

[그래. 우리는 모두 이 마법진을 안전하게 지키기 위해 모두 죽는 것을 선택했지. 물론 마법사들의 도움으로 우리는 마법진을 지키는 데스나이트, 그리고 해골 병사들로 다시 태어났지만.]

"그게 가능하단 말이야?"

티어린에서도 전혀 들어보지도 못한 방법이다.

네크로맨서나 리치들이나 사용하는 방법인줄 알았는데 그냥 마법사들이 어마어마한 숫자의 해골들과 데스나이트를 만들다니.

[아까도 말하지 않았나? 내부 분열만 아니었어도 랭크셔 제국은 아직까지 번영하고 있었을거라고. 랭크셔 제국의 마법으로 그 정도는 충분했지.]

이사르의 이야기는 거기서 끝이났다.

데스나이트가 되면서까지 랭크셔 제국 최후의 사람들을 지키고자 했지만 그 안에서 사람들은 결국 살아남지 못했다.

[이야기는 모두 들려주었으니, 하나만 더 부탁하지. 나 말고도 아직까지 죽지 못하고 마법진을 지키고 있는 세 사람도 모두 나처럼 편하게 만들어줘. 이제는 지킬 이유도 없는 곳이니까.]

그 말을 마친채 이사르는 최수민의 손을 붙잡았다.

그러자 이사르의 몸이 사라지며 이사르의 힘이 최수민의 몸 속으로 스며들어오는 것이 느껴졌다.

[소드 마스터 이사르의 기운을 얻었습니다.]

[레벨이 올랐습니다.]

[레벨이 올랐습니다.]

2장. 유명세를 타다.

2장. 유명세를 타다.

[소드 마스터 이사르의 기운 : 랭크셔 제국 최후의 소드 마스터 4인 중 한 사람인 이사르의 기운. 데스나이트가 되면서까지 랭크셔 제국 최후의 사람들을 지키려고 했던 이사르는 드디어 구원을 얻었다. 생전 소드 마스터였던 이사르의 기운은 검을 사용하는 자에게 힘을 보태준다.]

[검술에 대한 이해도가 올라 검을 사용할 때 공격력이 30%증가합니다.]

[검술에 대한 이해도가 올라 검을 사용해서 방어할 때 방어력이 30% 증가합니다.]

[검을 사용할 때 모든 스텟이 20% 상승합니다.]

[검을 사용할 때 민첩성이 추가로 20% 증가합니다.]

이사르를 잡고 오른 레벨만해도 14개가 넘었다.

그런데 이사르의 기운이라는 것으로 레벨보다 더 많은 것들이 혜택으로 주어졌다.

'근 한 달간 경험치를 포기하고 이사르와 싸우길 잘했다!'

최수민은 알지 못했지만 수치로 표시되지 않았어도 벌써 이사르를 쓰러뜨릴 수 있을정도로 성장한 상태였다.

그것이 메시지창으로 바뀌어 스텟으로 표시된 것일뿐.

무엇보다 값진 것은 이사르와의 싸움에서 얻은 경험.

소드 마스터와의 싸움이라는 수백 번의 엄청난 경험과 티어린 제국 초대 황제의 검술덕분에 최수민의 검술 실력은 이제 누구도 비교할 수 없는 수준에 이르렀다.

"무슨 일이야? 방금 저게 몸 속으로 들어간 것 같은데?"

영문을 알 수 없는 레나가 물어보았다.

"뭐. 마지막으로 저한테 주는 선물같은 거라고나 할까요? 저한테 문제되는 건 없으니 걱정하지 않으셔도 돼요."

문제라면 지금 얼마나 강해졌는지 정확히 알 수 없다는 게 문제이긴 하지만.

"그래? 이제 저기 있는 저 놈들을 해치울 차례겠네?"

레나가 가리킨 3마리의 데스나이트.

그들은 이사르처럼 마법진을 지키기위해 자리를 떠나지 않고 있었다.

한 때는 동료였던 이사르였지만 그런 감정을 잊었는지 역할에 충실한 건지.

"지금 고민중이에요. 저 놈들부터 처리할지. 아니면 잠시 쉬다가올지."

대통령을 진짜 만나야할지. 정말 고민이 되었다.

나같이 별 볼일 없는 놈을 만나서 대체 뭘 하려는걸까?

고민이 길어지기 전에 임동호의 연락이 왔다.

"혹시 언제쯤 올 수 있는지라도 말해주면 안될까? 대통령이 그것만이라도 알려달라고 계속 재촉을 하니 원. 내가 무슨 매니저도 아니고."

"지금 갈게요. 조금만 기다리세요."

계속 재촉할 정도라면 차라리 빨리 만나고 일을 끝내는 게 좋겠다는 생각이 들었다.

그렇지 않으면 남은 데스나이트 3마리를 처리하는 동안에도 하루가 멀다하고 연락이 오겠지.

"레나. 잠시 돌아가요."

결정을 내린 최수민이 말을 하자 레나가 미소를 지었다.

"드디어? 안 그래도 햇빛도 안 들어오고 해골밖에 없는 곳에서 지내려니 힘들었는데. 잘됐다!"

아이처럼 좋아하는 레나를 보니 나머지 데스나이트를 쓰러뜨릴 땐 혼자 오거나 가끔씩 햇빛을 보러 나가야겠다는 생각이 들었다.

"이번에 돌아가면 맛있는 것도 먹어요."

최수민을 레나를 이끌고 서울로 돌아갔다.

◇

"왔나? 우리 영웅나리."

임동호는 최수민을 보자마자 영웅이라며 치켜세웠다.

임동호의 개인적인 생각이 아니라 지금 지구에서는 최수민이 영웅처럼 받들어지고 있었다.

그야말로 영웅의 행보를 보여준 동영상 덕분에.

"영웅은 무슨 말이에요. 여긴 별일은 없죠?"

상급 마족을 잡을 준비는 잘 되고 있냐는 질문.

"아직까진. 지금 너 말고는 아무런 일은 없지. 예상치 못한 곳에서 일이 일어났으니까."

상황을 반전시킬 호재가.

총군 연합은 점점 득세하고 있고, 그에 맞설 힘이 필요했다.

"대통령을 만나서 제가 뭘하면 되는 건가요? 겨우 동영상 하나로 대통령까지 만나게 될 줄이야. 상상도 못했네요."

상상도 하지 않았던 일이라 더 현실감이 없다.

그 쪽에서는 최수민을 만나기 위해 모든 준비를 다 해놓았을텐데 자신은 하나도 준비한게 하나도 없다고 생각하니 갑자기 걱정이되기 시작했다.

"일단 가서 만나봐야 알겠지만 지금은 네가 갑이니까. 그냥 원하는 걸 말해. 물론 그 쪽에서도 원하는 걸 말할테니까."

"원하는 거라구요? 돈 같은 것도 되려나요. 이건 너무 속물처럼 보이려나."

몇 년을 돈 때문에 고생을 해왔다.

솔직히 지금 말을 하라고 하면 돈 말고는 어떤 것이 필요할지 생각이 나지 않는다.

"돈? 그건 당연하지. 능력자들이 왜 론디움에서 사냥을 하는데."

"그냥 레벨 올리고 재미삼아서 그런 거 아니에요? 그러다가 돈도 벌고."

레벨을 올리려고 몬스터들을 잡다보면 아이템이 나오고 돈이 떨어진다.

최수민에게는 레벨이 주였고 론디움에서 나오는 것들은 단지 부수적인 것일뿐이었다.

그러니까 레나에게 아낌없이 마나물약을 사줬지.

"생각보다 너무 순수하게 살아온 거 아니야? 왜 사람들이 목숨을 걸고 론디움에서 사냥을 하고있는데. 지금 총군연합문제도 전부 거기서 비롯된 거라고."

모든 사람이 최수민처럼 강하다면 게임을 즐기는 것처럼 살며 돈도 벌 수 있을 것이다.

하지만 대부분의 사람들은 목숨을 걸고 하루 하루 몬스터를 잡아가며 겨우 돈을 벌고 있을 뿐이다.

"그건 그렇고 이제 출발하자. 너를 목빠지게 기다리고 있을 사람들이 한둘이 아닐 테니까."

임동호는 레나와 최수민을 데리고 바로 청와대를 향해 출발했다.

◇

청명한 하늘.

구름 한 점 없는 맑은 날씨에 검은색 마이바흐 한 대가 경복궁을 지나 대통령이 지내고 있는 청와대에 도착했다.

"어서오십시오. 각하께서 기다리고 계십니다."

최수민과 레나 그리고 임동호가 차에서 내리자 기다리고 있었다는 듯이 건장한 남자 하나가 세 사람을 맞이하였다.

잘 차려입은 정장에 선글라스.

세 사람은 그 남자에게 간단하게 고개만 숙인 후 남자를 따라 걸어들어가기 시작했다.

"방송에서만 보던 곳을 직접 들어가보니 감회가 어때?"

"아직까진 뭐 특별한 게 없는데요?"

청와대엔 초행길인 최수민과 달리 임동호는 벌써 몇 번을 와봤다는 듯 여유가 넘쳤다.

"뭐 건물 자체에는 특별한 게 없지. 안에 있는 사람들이 직접 만나기 힘든 사람들일 뿐이야."

최수민과 레나는 청와대안 이곳 저곳을 힐끔거리며 돌아다녔지만 론디움에서 본 건물들과 큰 차이가 나지 않는 것 같아서 안내해주는 남자의 뒷모습만 따라걸어갔다.

"이곳입니다."

남자는 거대한 문 앞에 도착하자 문을 열어주었다.

그 안에는 검은색 양복을 입고 있는 많은 사람들이 자리를 잡고 있었다.

그들중 일부는 일어나서 임동호에게 인사를 건네었지만 한 사람은 자리에 앉은채로 인사를 건냈다.

"오. 드디어 도착하셨군요."

자리에 앉아있던 사람은 임동호가 가까이 가자 그제서야 자리에서 일어나 임동호에게 손을 내밀었다.

"오래 기다리게 해서 죄송합니다. 이 사람이 바로 최수민입니다."

임동호와 가볍게 손을 맞잡은 그 남자는 이내 최수민에게 손을 내밀었다.

"반갑습니다. 제가 바로 최수민씨를 만나기 위해 목이 빠져라 기다리고 있던 대통령입니다."

대통령은 텔레비전에서 많이 보았던 얼굴이기에 전혀 처음보는 얼굴같지가 않았다.

'실제로 보니 주름살이 엄청 심하네. 최근에 마음 고생을 많이 했나?'

최수민은 대통령의 손을 잡은채 가볍게 흔들었다.

"반갑습니다. 저는 최수민이라고 합니다."

"옆에 계신분은?"

초대하지 않은 손님이 최수민의 옆에 와있었다.

눈에 익은 얼굴.

'어디선가 본 것 같은데?'

단순히 여자 친구를 이곳에 데리고 오지는 않았을 것이다.

'아. 영상에 나오던 그 여자군.'

한 번 보면 절대 잊을 수 없는 아름다운 여자.

실제로 보니 마치 아름다운 조각상이 그대로 살아나서 걸어온 것 같았다.

"제 동료입니다."

이 사람들이 드래곤이라는 존재를 알까?

그냥 동료라고 하는게 마음이 편할 것 같아서 그렇게 말했더니 레나의 따가운 시선이 느껴졌다.

"그냥 동료가 아니라 아주아주 가까운 동료에요."

레나가 최수민의 말을 정정해주면서 대통령의 손을 잡았다가 놓았다.

"그렇군요. 아주아주 가까운 동료라면 저희에겐 더 큰 행운입니다."

강한 사람은 많으면 많을수록 좋다.

게다가 아름다운 여인과 잘생긴 남자.

이미지 메이킹을 잘만 하면 아주 좋은 그림이 나올 것 같았다.

대통령은 머릿속으로 이런저런 구상을 하며 자리에 앉았다.

"앉으시죠."

자리에 앉은 최수민과 일행들을 향해 자리에 있는 사람들이 하나씩 인사를 하기 시작했다.

각부처의 장관, 차관들.

그리고 재계의 총수들.

대한민국을 들었다 놨다 할 수 있을 것 같은 사람들이 한자리에 모여있었다.

"우선 한국을 구해주신 것에 대해서 먼저 감사드리고 싶네요. 한 번이 아니라 무려 두 번씩이나요."

모든 사람이 인사를 끝마치자 대통령이 입을 열었다.

중급 마족 사건과 서울에 몬스터가 나타났던 것을 언급하며.

"네. 저를 이 자리에 부르신 이유는 무엇인가요?"

잔뜩 예의를 차리고 앉아있자니 좀이 쑤셨다.

잘부르크 지하에 남겨두고 온 데스나이트 3마리가 걸리기도 했고.

그 때문에 최수민은 용건만 간단히 말하라는 식으로 대답을 했다.

대통령의 눈이 약간 매섭게 변했었지만 다시 온화한 표정으로 돌아왔다.

"하하. 바쁘신가 보군요. 그럼 용건만 간단히 말하도록 하죠."

이런 버릇없는 자식이. 하는 말이 목끝까지 올라왔지만 지금은 그런 자존심을 내세울때가 아니었다.

국가의 중대한 일을 결정해야 되는 곳.

공과 사는 확실하게 구분해야만 했다.

"지금 지구는 아주 불안정한 상황에 놓여있습니다. 마치 5년 전 그날처럼요. 평범하게 잘 살아오던 사람들 앞에 몬스터들이 다시 등장하기 시작했고, 옛날과 다르게 그 몬스터들은 몇 명의 사람을 죽이는 게 아니라 아예 도시들을 통째로 날려버렸죠."

대통령이 상황 설명을 한 후 옆에 앉아있던 장관들 중 한 사람이 말을 이어갔다.

"문제는 그 몬스터들을 어떻게 대처할 것인가죠. 이번 마족 사태때 각국의 무능력함이 드러났습니다. 능력자를 보유하고 있는 나라임에도 불구하고 정작 마족을 상대할 수 있는 능력자는 없었으니까요."

이야기를 듣다보니 왠지 느낌이 정부소속의 능력자로 일하는 뉘앙스로 이야기를 하는 것 같았다.

"무슨 말을 하려고 하는지는 잘 알겠는데 전 정부 소속으로 일할 생각이 없어요."

지금 이 자리에 앉아있는것만으로도 충분히 부담스럽다.

무슨 말을 해야할지도 모르겠고 빨리 벗어나고 싶다.

"아. 저희가 하는 말 때문에 오해하신 것 같은데 저희는 그런 걸 권유하려고 하는게 아닙니다. 단지 나라의 안전을 위해 저희가 열심히 일하고 있다. 이런 모습을 보여주는 것이 저희의 목적이죠. 다음번에 또 이런 일이, 아 물론 이런 일이 없어야 하겠지만요. 하여튼 이런 일이 다시 생기게 된다면 최수민씨가 우리 나라를 지켜줄 것이다. 이런 생각을 사람들의 머릿속에 새겨두는 것. 그것이 저희가 원하는 일입니다."

홍보대사? 광고? 그런것들이 최수민의 머릿속에 떠올랐다.

확실히 연예인들을 활용하여 홍보를 하는 것들이 많았지. 그런 것들이 꽤 효과를 거두기도 했고.

'문제는 그게 얼마나 귀찮은가. 그리고 돈이 얼마나 되나겠지?'

이상적인 것은 대충 악수를 하는 모습을 사진찍고 끝내는 것이다.

그리고 돈을 좀 쥐어주면 더 좋고.

"그럼 제가 어떻게 하면 되는 건가요?"

그것보다 얼마나 줄지가 더 궁금했지만.

"간단합니다. 앞으로 이런 일이 있을 때 다른 나라가 아닌 한국에서 몬스터를 잡을 것. 그리고 국민들에게 안전함을 알리는 것. 그것이 끝입니다."

"두 사람의 비주얼이 되니 단순히 사진이 아니라 광고같은 걸로 찍으면 더 좋겠네요."

기업 총수들의 눈이 빛났다.

지금 존재하고 있는 어떤 광고 모델로도 두 사람 이상의 효과를 낼 수 없다.

마족을 때려잡았다는 인기도 인기지만 비주얼 자체도 그 어떤 광고 모델들보다 뛰어났으니까.

"그렇군요. 그럼 제가 받는 대가는 어떤 거죠?"

"1년에 천억은 기본으로 드리고 저희와 만나서 영상을 찍는다던가 다른 무슨 일을 하게되면 추가적으로 더 드리죠."

많이 받아봐야 10억정도를 생각했던 최수민은 입을 다물지 못했다.

평생 벌어도 과연 10억은 벌 수 있을까? 라고 생각했었는데 1년에 천억이라니.

최수민은 미끼를 덥썩 물었고 대답을 하려고 하는 찰나 임동호가 말을 꺼내었다.

"천억은 너무 적은거 아닌가요? 그래도 나라를 움직이는 분들이 조금 더 쓰시죠."

아니 왜 천억이나 주겠다는데 초를 치려고 하는거야!

듣도보도 못했던 금액이 손안에 들어오려는 순간 임동호의 말은 최수민을 당황하게 만들었다.

"아니. 저는…."

"어떻게 보면 최수민을 활용해서 나라를 지키려고 하는 것 아니에요? 그럼 그만한 대가를 치러야죠."

임동호는 최수민의 말을 가로막으며 말을 꺼냈다.

좋은 대우를 해주는 것 같았지만 임동호의 눈에는 아무것도 모르는 최수민을 헐값에 쓰려고하는게 보였다.

"아니. 무슨 말씀을 그렇게 하십니까? 천억이 동네 개 이름도 아니고…."

"최수민이 지금 한국에 있는 걸로 알려져있지만 여기서 제대로 협상이 되지않으면 최수민이 과연 여기 남을까요? 미국이나 중국같은 곳에선 제가 보기엔 최소한 100배는 더 줄 것 같은데요?"

임동호의 예상은 정확했다.

엄청나게 많은 나라에서 최수민을 노리고 있었다. 단지 최수민과 연락을 할 수 없어서 일을 진행하지 못했을 뿐.

하지만 이제는 다르다.

지금 이 자리가 만들어졌으니 최수민에 대해서 알려질 테고 곧 다른 나라에서 연락이 올 것이다.

"그럼 얼마를 주면 된다는 건지…."

대통령을 비롯한 많은 사람들도 천억이 적은 금액이라는 것을 인지하고 있었다.

총군 연합에 내야하는 돈만해도 50조원이 넘었으니까.

그러나 최수민이 아무것도 모를 것이라고 생각해 그것의 1프로도 되지않는 돈을 제시한 것이다.

'제기랄. 저 놈이 훼방만 놓지 않았어도 다 끝난 일이었는데.'

대통령과 사람들은 배알이 꼴렸지만 따로 방법이 없었다.

아쉬운 것은 자신들이었으니까.

"그럼 얼마를…?"

"평소에 나라돈에 통도 크신분들이 왜 이렇게 약하게 나오세요. 평소처럼 크게 크게 불러보세요."

좌불안석인 최수민과 다르게 임동호의 목소리는 점점 높아져갔고 한동안 사람들의 공방이 이어졌다.

◇

"자. 이번엔 두 분이서 그 검을 들고 걸어가시는 장면이에요."

거대한 카메라를 들고 있는 남자가 소리쳤다.

검과 어울리지 않게 고급진 복장을 입고 손에는 최신형 스마트폰을 들고 있었다.

신발도 옷에 맞게 값비싼 신발에다가 왼손에는 각자 비싼 시계를 하나씩 끼고 있었다.

그뿐만이 아니었다.

걸어가는 길에는 벤틀리, 롤스로이스, 람보르기니 같은 고급 자동차들이 줄을 지어있어 누가봐도 평범한 거리가 아니구나 하는 분위기를 자아내고 있었다.

그 고급진 차들이 있는 곳을 따라 최수민과 레나는 검을 들고 걸어가기 시작했다.

"이렇게 하기만 하면 되는 건가요?"

앞에 아무것도 없었지만 무작정 검을 휘두르라는 주문에

최수민과 레나는 정성껏 검을 휘둘렀다.

"네. 거기 몬스터들은 CG로 합성할 거니까 진짜 싸운다고 생각하고 열심히 휘둘러주세요."

PD의 말에 최수민은 가장 최근에 싸웠던 데스나이트와의 싸움을 떠올리며 검을 휘둘렀다.

그 모습은 마치 검을 들고 화려한 춤을 추는 것 같았고 카메라맨을 비롯한 관련인사들은 최수민의 검이 끝날 때까지 숨조차 제대로 쉬지 못했다.

"이제 끝났어요. 다음은 어떻게 하면되나요?"

"잠시만요. 확인 한 번 하고 갈게요."

카메라를 놓은 후 사람들은 방금 찍은 영상을 확인하기 시작했다.

휘이익, 쐐애액.

카메라에 나오는 것은 검이 공기를 가르는 소리.

그리고 무언가가 아주 빠르게 움직이는 것 밖에 보이지 않았다.

슬로우 모션으로 해야 그나마 사람이 검을 휘두르고 있다는 것을 볼 수 있는 수준.

"이거 쓸 수 있는 거에요?"

그 영상을 바라보고 있던 최수민이 뒤에서 물어보았다.

아무리봐도 쓰지못할 것 같은 영상.

'내가 너무 심취해서 검을 열심히 휘둘렀나?'

새삼 카메라로 찍어서보니 자신이 데스나이트와 싸울 때

얼마나 검을 빨리 휘둘렀는지 알 것 같았다.

"아닙니다. 저희가 알아서 해결할 수 있어요. 오늘 수고
하셨습니다."

"이걸로 끝인 거야? 이 세상에서는 참 돈 벌기가 쉽네."

최수민과 몇 번 걸어다니고 검을 몇 번 휘둘렀을 뿐인데
돈을 준다고 한다.

그 금액이 얼만지 레나는 정확히 알 수는 없지만 최수민
의 입이 귀에 걸리는걸 봐서는 상당히 많다는 것은 확실했
다.

"네. 끝이에요. 돈도 많이 벌었는데 맛있는거나 먹으러
가요."

임동호는 대통령과 장관들, 그리고 재계의 총수들을 상
대로 한발자국도 물러서지 않았다.

미국과 다른 나라들을 언급하며 최수민에게 얼마를 주더
라도 잡아야 한다고 말하면서도 그 과정에서 구체적인 자
료까지 제시하면서 이야기를 이어갔다.

최수민이 데스나이트를 잡는 동안 임동호가 마냥 놀고
있지만은 않았다는 듯이 임동호의 말에 아무도 반박하지
못했다.

30조원.

임동호가 얻어낸 돈이었다.

정확히 말하자면 임동호의 협상으로 최수민이 가지게 된
돈이지만.

집좀
늘리자 7

얼마인지 상상조차 할 수 없는 금액.

그 금액이 현재 최수민의 손 안에 들어와있었다.

"왜 이렇게까지 절 도와주시는 거에요?"

청와대에서 나오면서 임동호에게 물어보았다.

천억원도 큰 금액이었다.

그러나 임동호는 그것을 300배로 만들어주었다.

아무런 무력도 행사하지 않은채로.

"내가 처음 널 봤을 때 말했잖아. 투자라고. 이 정도는 당연히 해야지."

문득 임동호와의 첫 만남이 기억났다.

투자는 실패할 수도 있다고 했었던가. 그러나 임동호의 투자는 엄청난 성과를 거두었다.

"아. 그렇군요. 그럼 여기서 제가 돈을 떼드리면 되는 거에요?"

"내 돈도 아닌데 필요 없어. 내가 그렇게 불쌍해 보였나?"

임동호는 잠시도 고민하지 않고 대답했다.

단지 임동호가 해주고 싶었던 것은 최수민이 받을 수 있는 정당한 대가를 받아내는 것이었다.

자신은 무력 길드장으로써 벌써 어마어마한 돈을 모아뒀으니까.

◇

"엄청 넓은 집에서 있다가 다시 이런 곳에 오니까 적응이 안되네."

최수민과 레나는 성북동에 대궐같은 집을 하나 구매해두고 몇 일을 지내다가 이사르와의 약속을 지키기 위해 다시 잘부르크 지하로 돌아온 상태였다.

"이번에는 그렇게 오래 걸리지 않을 거에요 아마."

이사르의 기운도 받았고 실력이 늘었으니까.

아마 데스나이트들의 실력 차이가 어마어마하게 큰 것이 아니라면 빠른 시일내에 잘부르크를 정리하고 뱀파이어를 찾으러 가든, 상급 마족이 있는 봉인된 마법진에 가든 할 수 있을 것이다.

"이번에도 혼자서 싸울 거야?"

"그래야겠죠. 실력 향상을 위해서."

"에이. 그럼 난 거기서 있을 걸. 편하고 좋았는데."

물론 그 곳에 있었으면 최수민이 잘못되지는 않을까 걱정이 돼서 마음 편하게 지내지는 못했을 테지만.

"돌아가셔도 돼요."

"아니야. 우린 아주아주 친한 동료니까."

아주아주에 강조를 한 레나는 자리에 어서 가보라며 최수민에게 손짓을 했다.

"뭐 심심하면 돌아가서 있으세요."

최수민은 레나에게 한 마디를 건넨 후 또 다른 데스나이트를 향해 달려갔다.

뿌드득.

한 자리에서 붙어서 오랫동안 움직이지 않은 것인지 데스나이트가 움직이며 뼈 마디마디가 움직이는 소리가 났다.

'저 데스나이트에게도 배울 것이 있을까?'

최수민의 마나를 머금은 검과 데스나이트의 검이 부딪혔고 엄청난 소리가 잘부르크 지하에 울려퍼졌다.

◇

[나는 멸망한 랭크셔 제국의 기사….]

"됐구요. 혹시 뱀파이어에 대해서 아는 게 있으세요?"

데스나이트를 쓰러뜨리자 이사르와 같은 말을 반복하는 랭크셔 제국의 소드 마스터.

처음에나 흥미롭게 들을만하지 벌써 데스나이트 세 마리에게서 듣는 이야기였기에 이제는 어떤 말을 하려고 하는지 다 알고 있었다.

[뱀파이어에 대해서는 어떻게 알고 있는 거지? 혹시 뱀파이어와 한패인가?]

데스나이트의 질문에 최수민은 고개를 힐끗 돌려 이사르가 있던 자리를 가리켰다.

"이사르에게 들었어요. 뱀파이어가 어떻게 되었는지 알고 있어요?"

[미안하지만 그 녀석에 대해서는 아는 게 없다네. 혹시 저 녀석이라면 알 수도 있겠군.]

그는 이사르처럼 마법진 안의 상황은 어떤지 물어보았고 결국 절망한 끝에 최수민에게 자신의 기운을 불어넣어주고는 사라져버렸다.

'마지막으로 남은 건 저 녀석 하난가.'

이사르의 기운을 얻기도 했고, 실력 자체가 상당히 향상되었기 때문에 더 이상 데스나이트를 상대하는데 큰 어려움은 없었다.

단지 데스나이트들이 사용하는 검술이 다양했기에 적응하는데 조금 시간이 걸렸을 뿐.

이사르를 잡는데 한달 가까운 시간이 걸렸던 것과 다르게 다른 데스나이트 2마리를 잡는데는 3일이면 충분했다.

'남은 데스나이트는 하나. 저것만 잡으면 이 어두컴컴한 공간에 더 이상 볼일은 없겠지.'

방금 쓰러뜨린 데스나이트와 대화를 나누며 체력은 회복했다.

최수민은 시간을 지체하지 않고 바로 다음 데스나이트를 향해 걸어갔다.

저벅저벅.

최수민의 발 소리를 듣자 데스나이트는 최수민이 자신에게 다가오고 있다는 것을 깨닫고 싸울 준비를 하기 시작했다.

다른 데스나이트들보다 유난히 빛나는 갑옷.

보석을 박아둔 것처럼 빛이 나던 검에는 노란색 마나가 은은하게 빛나고 있었고, 눈이 있었어야 할 부위에서도 노란 빛이 뿜어져 나오고있었다.

"우리에게 안식을 전해주러 온 사람인가?"

겉모습만 다른 것이 아니라 그 데스나이트는 의사소통까지 할 수 있었다.

"그렇습니다."

"잘 부탁하네. 나도 이제 지쳤거든."

지쳤지만 아무에게나 죽을수는 없다.

랭크셔 제국 최고의 기사 중 한 명이었기에 최소한 죽더라도 싸우다가 죽는 것이 명예로웠다.

비록 데스나이트가 된 상태라고 할지라도.

짧은 대화.

나머지 대화는 검으로 나누겠다는 것처럼 데스나이트는 바로 검을 들고 최수민을 향해 도약했다.

푸욱.

다른 데스나이트들과 완전히 다른 궤도로 공격해오는 검.

그 검이 최수민의 다리를 꿰뚫었다.

의식 없이 최수민을 죽이려고만 하던 나머지 데스나이트들과 달리 의식이 있었기 때문에 최수민의 다리를 노렸다.

'젠장. 다른 놈들은 전부 심장이나 목을 노리려고 해서 방심했다.'

휘이익

최수민의 검이 허공을 가르는 사이

푸욱.

이번엔 최수민의 발등을 찌르고 들어오는 데스나이트의 검.

"하체 쪽 방어가 약하다. 어떻게 세 사람을 이긴거지?"

데스나이트의 말대로 최수민의 방어는 상체쪽에 치중해 있었다.

이때까지의 싸움에서 공격은 주로 상체에 치중되어 있었으니 당연한 일.

그 때문에 하체가 거의 비어있는 것이나 마찬가지였고 그 곳을 노린 공격이 계속되었다.

'공격 자체는 그렇게 빠른 것 같지도 않은데.'

객관적으로 봐도 나머지 데스나이트들과 별로 실력 차이가 큰 것 같지는 않았다.

다른 점이 있다면 의식이 있었기에 죽이기 위한 싸움이 아니라 철저하게 이기기 위한 싸움을 하고 있었다는 것뿐.

푸욱

하체에 신경을 쓰자 이번엔 데스나이트의 검이 최수민의 옆구리를 찌르고 들어왔다.

"나에게 안식을 주는 것이 아니라 내가 안식을 주겠군."

데스나이트는 다시 한 번 최수민을 향해 검을 내질렀다.

'다리? 복부? 가슴? 어디지?'

어깨의 위치를 보고 공격을 피하려고 해봐도 최수민에게 다가와서야 검의 궤적이 바뀐다.

'가슴이다!'

이번엔 확실한 타격을 위해 가슴부를 향해 검이 온다고 생각하여 검을 들어올렸지만 정작 데스나이트의 검은 최수민의 왼쪽 허벅지를 스쳐지나갔다.

'제길. 단순히 찌르기 공격만 해오는데도 이렇게 상대하기 힘들줄이야.'

"겨우 찌르기만 하고 있는데 어떻게 이렇게까지 너를 몰아붙이고 있는지 궁금하겠지?"

데스나이트는 최수민의 생각이라도 읽은 것처럼 질문을 해왔다.

휘이익!

질문과 동시에 다시 한 번 찌르기가 날아왔다. 그러자 최수민은 반사적으로 몸을 뒤로 빼며 피하려고 했지만

푸욱.

검을 감싸고 있던 마나가 검끝으로 응집되더니 갑자기 길어지며 최수민의 복부를 찔렀다.

'이번엔 여기까지만 할까.'

일방적인 공격을 피해내기만 하는 것도 힘들다.

게다가 몸에 생긴 상처도 한 두 개가 아니었다.

"안식을 드리는 건 조금만 더 기다려주셔야 할 것 같네요."

"그래. 나도 이번 기회를 놓치면 언제까지 여기서 기다려야할지 모르니 기다리도록 하지."

데스나이트는 최수민이 가는 모습을 가만히 바라보기만 했다.

하루, 이틀, 사흘, 그리고 일주일.

매일 같이 최수민은 데스나이트를 찾아와서 데스나이트와 싸웠다.

"궁금하네요. 정말 어떻게 겨우 찌르는 하나의 동작으로 이렇게 저를 몰아붙일 수 있는지."

"검을 휘두른다는 것은 결국 동작만 크게 만드는 법. 간결한 동작 하나로 모든 걸 해결할 수 있는 찌르기, 이것만 수십 년동안 해왔으니 당연하지."

데스나이트의 말을 듣자마자 최수민은 하나의 깨달음을 얻을 수 있었다.

그의 말대로 검을 휘두르는 것은 너무 커다란 허점을 만들어낸다.

검을 휘두르기 위해 찌르는 것 보다 더 큰 동작을 펼쳐야 했고 휘두르는 동안 자신의 시야를 가리기도 한다.

게다가.

'찌르는 것은 검 끝에만 마나를 집중하면 되니 휘두르는 것보다 더 유동적으로 마나를 사용할 수 있구나.'

깨달음을 얻은 최수민은 검을 휘두르는 것을 멈추고 눈앞의 데스나이트의 공격을 유심히 관찰하기 시작했다.

베어내기 위해 검을 쓰는 것은 영화에서나 시각적으로 보여주기 위한 것.

실제 싸움에서는 찌르는 것이 훨씬 더 효율적이라는 것을 눈 앞의 데스나이트의 공격을 보며 깨달을 수 있었다.

"오늘은 여기까진가?"

"그럴리가요."

휘이익.

다시 한 번 뱀처럼 자신을 노리고 다가오는 검을

채앵!

옆으로 쳐낸 후.

서걱!

이사르가 했던 것처럼 그대로 검을 크게 휘둘러 데스나이트의 갑옷을 길게 베어놓았다.

"간결한만큼 찌르기 공격은 눈에 익으면 방어하기도 쉽네요. 그리고 반격하기도 쉽구요."

일주일동안 눈 앞을 가로막고 있는 벽이 부숴진 느낌.

어디를 노리던지 공격을 쳐낼 수 있다면 굳이 미리 공격을 예측할 필요가 없었다.

그만큼 최수민의 속도는 빨랐으니까.

아마 실력이 떨어지는 사람이었다면 공격이 눈에 익기도 전에 죽었을 것이다.

"건방지구나. 겨우 한 번 공격을 막아놓고는 기고만장했 군."

"그리고 따라하기도 쉽죠."

빠각.

데스나이트가 펼쳤던 찌르기를 최수민이 그대로 따라해 내었다.

비록 피부가 없는 데스나이트 였기에 찌른 곳은 다리뼈 였지만 데스나이트가 받은 충격은 상당했다.

신체적 충격이 아닌 정신적 충격.

"어떻게 이걸 그대로 따라할 수가 있는 거지?"

데스나이트가 최수민의 검을 막아내기 위해 방어한 곳은 자신의 심장부근.

최수민이 했던 행동을 그대로 한 것이다.

"분명 가슴을 향해 검이 날아왔는데."

"말했잖아요. 따라 하기 쉽다고."

물론 더 이상 따라할 생각은 없지만.

뱀파이어에 대한 정보를 쥐고있는 녀석의 자존심을 더 이상 긁어봐야 좋을 것이 없었다.

"그럼 다시 갑니다."

최수민은 이미 전의를 상실한 데스나이트를 향해 검을 휘둘렀다.

까앙.

전의를 상실한 데스나이트의 움직임은 눈에 띄게 느려졌다.

평소 같았으면 최수민의 공격을 피하며 예리하게 최수민의 빈틈을 노려왔을 녀석이었지만 지금은 최수민의 공격을 막아내는 것만해도 힘겨워보였다.

"몸이 무거워 보이시네요."

휘이이익.

최수민의 검이 빠르게 데스나이트의 몸을 향해 날아갔다.

누가봐도 데스나이트의 목 부위를 향하는 찌르기.

그러나 검이 데스나이트의 몸에 닿을때쯤 갑자기 궤도를 바꾸며 데스나이트의 옆구리를 스치고 지나갔다.

"이런."

짧은 신음소리와 함께 데스나이트가 다시 한 번 최수민의 몸을 향해 검을 내질렀다.

최수민은 허리를 틀며 공격을 피한 후.

퍼억.

그야말로 빈틈 투성이인 데스나이트의 다리를 후려찼다.

잠시 중심을 잃은 데스나이트.

최수민은 그 순간을 놓치지 않았다.

데스나이트가 중심을 잡으며 찔러온 검을 뒷 발을 슬쩍
뒤로 빼며 피해낸 후 크게 검을 휘둘렀다.

빠각.

최수민의 검이 데스나이트의 오른쪽 팔을 잘라냈고 그
순간 싸움은 끝이났다.

데스나이트가 최수민을 일깨워준 이후 싸움은 일방적으
로 흘러갔다.

데스나이트의 단조로운 공격을 파악해낸 최수민, 그리고
여러 가지 검술로 무장한 최수민.

애초에 실력차이가 많이 났기 때문에 데스나이트의 공격
을 단조롭다고 말할 수 있는 것이겠지만, 결국 데스나이트
는 오른쪽 팔을 잃은 후 자신의 패배를 시인하였다.

"내가 졌네. 세 사람을 어떻게 이겼나했더니 확실히 엄
청난 실력이군."

순순히 패배를 인정할 수 밖에 없었다.

수십 년을 연습해온 찌르기였지만 순식간에 최수민에게
깨져버렸으니까.

"하하. 그럼 뱀파이어에 대해서 좀 알려주시겠어요? 나머
지 사람들은 데스나이트가 되었을 때는 의식이 없었기에 뱀
파이어에 대해서 아무런 기억도 가지고 있지 않더라구요."

"뱀파이어라… 상당히 오래된 이야기군."

상당히 오래전 이야기지만 얼굴은 아직까지도 잊을 수
없다.

동족들을 모두 죽여버린 그 녀석들. 그 중에서도 유난히 강했던 하나의 얼굴이 눈 앞에 떠올랐다.

"우선 뱀파이어를 찾으면 무엇을 할 것인지 물어봐도 될까?"

뱀파이어가 처음 소환되었던 것도 힘을 탐했던 랭크셔 제국의 한 무리때문이었다.

그 한 무리 때문에 랭크셔 제국이 멸망할 줄은 꿈에도 몰랐지만.

눈 앞에 있는 이 파란 머리의 남자가 뱀파이어와 손을 잡는다면 또 다른 어떤 세계를 충분히 멸망시킬 수 있을 것이다.

"그거야 당연하죠. 뱀파이어를 죽이기 위해서."

"그렇군. 무슨 사연이 있는 것 같은데?"

"별다른 사정은 없어요. 단지 마족을 죽이기 위해서 다니던 중에 뱀파이어에 대한 것을 들었을 뿐이죠."

과연 어떤 녀석일까?

점점 궁금증이 더해지고 있을 때 데스나이트가 입을 열었다.

"그래. 그 뱀파이어의 이름은 아블. 단지 피를 흡수해서 강해지는 능력만 있는 것이 아니라 어마어마한 마법을 사용하지. 다른 사람에게 힘을 주어 자신의 수족으로 부리기도 하고 차원의 균열을 열기도 해서 다른 마족들을 이 곳으로 소환하기도 했고. 여간 까다로운 녀석이 아니야."

아블?

어디서 들어본 것 같은데.

"그래서 그 녀석은 어디로 갔어요? 여기서는 못 본 것 같은데."

"여기는 모두 죽은 사람뿐. 피를 빨아먹을 수도 없는 해골과 데스나이트밖에 없는 곳이라 아블은 흥미를 잃고 이곳에서 나간지 오래되었지. 물론 나는 그 이후에 여기를 벗어나지 못했기에 그 이후엔 아블이 어떻게 되었는지 알지 못하고."

결국 아블이라는 이름만 알게되었을 뿐.

뱀파이어에 행방에 대해서는 전혀 알 수 없었다.

'그나마 이름정도는 알게되었으니 다른 사람들에게 물어보면 알고 있으려나?

"그럼 이제 나에게 안식을 주게나. 이젠 친구도 없고 혼자서 이 적적한 곳에서 살아갈 자신이 없거든."

혼자 이성을 가진채로 너무 오랜 시간을 마법진을 지켜왔다.

랭크셔 제국의 마지막 사람들을 지키기 위해 데스나이트가 되기로 결심했지만 세월이 흐를수록 그 의미는 퇴색되어갔다.

마법진 밖으로 나오는 사람은 아무도 없었고 주변에 있는 데스나이트들은 모두 이성을 잃은 채 마법진을 지키고 있는 기계와 같았다.

자살을 생각해보기도 했지만 이미 죽은 몸.

자신의 손으로는 자신의 운명을 끝낼 수 없었다.

"마지막으로 남기실 말은 있으신가요?"

"몇 백 년을 혼자서 지내왔지만 마지막은 그래도 사람답게 이야기를 나누다가 죽을 수 있어서 다행이군. 마지막으로 남기고 싶은 말은 하나 밖에 없지. 그 뱀파이어를 꼭 죽여주게."

"그동안 고생하셨습니다."

서걱.

비록 죽은 몸이지만 그래도 고통없이 보내주기 위해 최수민은 데스나이트의 목을 베어내는 것으로 끝을냈다.

[랭크셔 제국 최후의 소드 마스터 니발을 쓰러뜨렸습니다.]

[랭크셔 제국 최후의 소드 마스터를 모두 물리친 자 칭호를 얻었습니다. 모든 스텟 + 20%, 검을 사용할 때 공격력 + 200%]

[마족에 대한 깊은 원한이 몸에 스며듭니다. 마족을 상대할 때 모든 스텟이 10% 상승합니다.]

[레벨이 올랐습니다.]

[레벨이 올랐습니다.]

[레벨이 올랐습니다.]

끝을 모르고 올라가는 레벨.

네 명의 데스나이트를 쓰러뜨린다고 날려버린 시간을 한번에 보상받는 기분이다.

'이제 아블에 대한 정보를 얻으러 가볼까.'

◇

일주일만에 집으로 돌아온 최수민은 아블에 대해 찾아보기 위하여 컴퓨터를 틀었다.

스마트폰은 이미 레나 손에 들어간지 오래였다.

현대인에게 하루라도 없으면 안되는 기계답게 레나는 현대인이 아님에도 불구하고 스마트폰을 잡고는 놓아주지않았다.

'돈도 많은데 하나 더 사야겠네.'

스마트폰을 하나 더 사겠다는 생각을 하자 갑자기 엄청나게 넓은 집이 너무 허전하다는 생각이 들었다.

엄청나게 넓은 공간에 있는거라곤 냉장고, 소파, 컴퓨터, 텔레비전.

'왜 부자들이 집에 뭘 많이 두고 사는지 알겠어. 이거 너무 허전하잖아. 잔디라도 깔아야하나?'

아블에 대해 찾아보기 위해 켰던 컴퓨터로 어느새 집을 꾸미기 위한 가구들 쇼핑을 하고 있었고 정신을 차렸을 땐 이미 30분이 지나버린 상태였다.

'아차. 이래서 컴퓨터는 안된다니까.'

자신의 집중력 부족을 컴퓨터 탓으로 돌린 최수민은 아블에 대해 컴퓨터에 검색해보기 시작했다.

아블… 아블… 디아블로… 이거 왜 찾는 건 안나오고 이상한게 나오는 거야.

아블에 대한 정보는 아무것도 찾을 수가 없었다.

능력자들만 사용하는 사이트에 들어가서 검색을 해봐도 마찬가지.

전혀 관련된 정보가 없었다.

이거 왠지 또 도서관에 가야하는 건가?

애초에 랭크서 제국에 대한 정보도 도서관에서 얻었으니 왠지 말이 되는 것 같긴했다.

"레나. 지금….."

"어. 마침 내가 부르려고 했는데. 전화 왔어."

편한 복장으로 소파에 누워서 낄낄대며 스마트 폰으로 동영상을 보고 있던 레나가 폰을 가지고 최수민에게 다가 왔다.

'임동호한테 왠 전화지?'

하긴 일주일동안 연락이 안 왔었으니 이제 연락올때가 되긴 했지.

"여보세요?"

"오. 마침 론디움이 아니라 한국에 있었군. 뭐해?"

"그냥 정보를 좀 찾고 있었는데요. 무슨 일이에요?"

"그럼 나와. 밥값 해야지."

뭐지 이 밑도 끝도 없는 대화는.

임동호는 할 말을 끝내고 급하다는 듯 바로 전화를 끊었다.

"왜? 뭐래?"

전화를 끊자마자 레나가 최수민의 스마트폰을 낚아채가면서 물어봤다.

"나갈 준비하세요. 나오라네요."

"준비? 그냥 가면되는데?"

대충 올려묶은 빨간 머리, 짧은 청반지, 그리고 어깨가 훤히 드러나는 민소매 티셔츠.

대충 입어도 빛이 나는 레나 패션의 완성은 삼선 슬리퍼를 신는 것으로 완성이 되었다.

'정말 스마트폰 쓰는 것부터 시작해서 완전 한국사람 다 됐네.'

최수민은 레나의 현지화 속도를 보며 혀를 내두를 뿐 본인도 입고 있던 복장 그대로 삼선 슬리퍼를 신은 후 밖으로 나갔다.

그러고 보니 어디로 가야하는 거지?

엘리베이터에서 내려서 전화를 걸어야겠다고 생각하고 있었는데 엘리베이터에서 내리자마자 누군가가 깍듯하게 인사를 해왔다.

"최수민씨? 그리고…."

"레나요."

"아. 레나씨. 바로 차로 가시죠. 한시가 급합니다."

"무슨 일이신데요?"

도착하자마자 자신을 어디로 데리고 가려고 하는 사람.

얼굴만 봐도 엄청 급해보였는데 화장실이 급한사람처럼 발걸음도 쉬지 않고 옮겼다.

"아무 말도 못들으셨나요? 임동호씨가 연락한다고 했는데."

"전화는 받았는데…."

"지금 또 다시 몬스터가 나타났습니다. 당장 가셔야해요."

젠장. 생략할게 따로 있지. 동네 마실나가는 복장으로 나왔는데.

최수민은 차에 타자마자 임동호에게 전화를 걸었다.

"차에 탔냐? 이번에도 몬스터가 나왔는데. 우리 길드는 의정부쪽으로 가야하고, 넌 인천쪽으로 가면 돼. 돈 받은 것 있으니 방송팀에서 영상 촬영하는 거에 협조 잘 해주고."

임동호는 전화를 받자마자 자연스럽게 말을 꺼내었다.

방송 이야기를 할 거면 차려입고 나오라고 했어야지.

그 말을 밖으로 내뱉지는 않은 채 다른 말을 꺼내었다.

"타긴 탔는데, 제가 잠옷 복장에 슬리퍼를 신고 나왔거든요? 어떤 몬스터가 나왔대요? 집에 다시 가서 장비를 챙겨와야 할 것 같은데."

"별거 아니야. 그것보다 한 시가 급하니까 그냥 가. 그냥 최하급 마족이나 거대 몬스터들이 나왔다고 하는데 그런 놈들은 맨손으로도 잡을 수 있잖아."

"네. 일단 알겠어요."

그래. 그런 놈들쯤이야 슬리퍼 들고도 때려 잡지.

최수민과 레나를 태운 차는 몬스터가 나왔다고 알려진 인천을 향해 빠르게 달려갔다.

◇

자동차를 무기 삼아 휘두르는 거대한 초록색깔 오우거.

거대한 도끼로 자동차를 반으로 갈아놓으며 무력 시위를 하는 3미터정도의 트롤.

하늘에는 파란 날개가 달린 하피들이 날아다니고 있었고, 최하급 마족들은 마법을 사용하여 차에서 내려 대피하고 있는 사람들을 하나 둘씩 죽이고 있었다.

그리고 그 앞에 나타난 한쌍의 남녀.

집 앞 편의점에 무언가를 사러가는 듯한 복장의 두 남녀의 손에 불꽃과 얼음이 맺히기 시작했다.

퍼어엉.

화르륵.

그들의 손에서 나간 불꽃과 얼음들은 공중에 떠있는 하피를 불태웠고, 오우거의 몸을 얼렸다.

"진짜 조무래기들만 있네요."

주위를 둘러봐도 위협적인 몬스터는 하나도 보이지 않았다.

굳이 최수민이 아니라도 상관없을 상황.

최수민의 뒤를 따라다니는 카메라만 아니었다면.

"방금 거 찍었어? 불꽃 날아가는 거. 너는 저기 저 여자 분 찍어."

동네 마실 나온듯한 복장의 최수민과 레나를 4개의 카메라가 따라다니며 찍고 있었다.

몬스터가 두려울법도 했지만 지금 눈 앞에 두 사람에게 몬스터들은 어린아이가 가지고 노는 장난감 그 이상도 그 이하도 아니었다.

"아니. 협찬해주는 옷들도 많을 텐데 무슨 저런 옷들을 입고온 거야."

비주얼이야 워낙 뛰어나니 아무거나 걸쳐도 괜찮았지만 최수민에게 지불한 돈중 일부는 광고를 위한 것이기도 했다.

'다음부터는 이런 일이 있으면 옷도 직접 들고와야겠군.'

피디가 그렇게 생각하는 동안 최수민은 갑자기 도로에 떨어져있던 나뭇가지 하나를 집어들었다.

'저걸로 뭘 하려고 하는 거지?'

가느다란 나뭇가지.

어린아이도 힘을 주면 부러뜨릴 수 있을 것 같은 나무 막대기에 갑자기 푸른 색 빛이 스며들기 시작했다.

그러더니 그 빛은 1미터, 2미터를 넘어 3미터정도의 길이까지 길어졌고,

서걱.

최수민이 휘두른 나뭇가지는 자동차를 휘두르려고 하던 오우거의 몸을 반으로 갈라버렸다.

"찍었지? 저거 나뭇가지로 자른 거? 분명 바닥에서 주운 거 맞지?"

피디는 자신의 눈을 믿지 못하겠다는 듯 주변 사람들에게 물어보았다.

다른 사람들도 피디와 같은 반응이었다.

눈으로 본 것을 믿지 못하겠다는 듯이 입을 다물지 못하고 있었고 일부는 피디의 물음에 고개만 슬쩍 끄덕였다.

"하나도 놓치지 말고 잘 찍어. 이것만 잘 찍으면 편집할 필요도 없다."

대박나는 냄새를.

'내 45년 인생, 이렇게 엄청난 광경은 처음이다.'

벌써 피디는 이 영상이 공개되었을 때 어떤 반응이 나올지 상상하며 마음속으로 기쁨의 비명을 지르고 있었다.

◇

[와. 진짜 오진다. 저게 사람이냐?]

[사람 아님. 능력자임.]

[나뭇가지 저거 미리 준비해놓은 소품 아니야? 무슨 광선검 같은 게 장미칼처럼 막 썰어대네.]

82

[ㄴ 그런게 있었으면 벌써 일반인들이 몬스터들을 썰었지 생각을 좀 해라.]

[그것보다 마지막에 슬리퍼로 한 거 뭐냐? 슬리퍼로 후려쳤는데 머리통이 박살나는거?]

[저거 특수 제작 슬리퍼임.]

[ㄴ 위에 댓글 단놈이랑 같은 놈이냐. 생각좀 부탁함.]

최수민의 영상에 달려있는 댓글에 한 남자가 열정적으로 댓글을 달고 있었다.

댓글을 달고 있는 푸짐한 인상의 남자의 정체는 최수민의 영상을 촬영한 피디.

'이거 진짜 생각이 없는 놈들인지, 악플인지 구분이 안되네.'

피디가 생각했던 것처럼, 아니 그 이상으로 최수민의 영상은 대박이 터졌다.

벌써 2천만이 넘는 조회수.

한국에서만 본 것이 아니다.

전 세계에서 동영상을 시청했고, 아직도 엄청난 속도로 조회수가 올라가고 있었다.

'실제로 보는 것만큼 긴박감은 없군.'

영상은 실제 두 눈으로 보았던 것보다 못했지만 지금도 다른 사람들의 관심을 끌기는 충분했다.

'앞으로 최수민이 어딘간다고 하면 무조건 내가 자원해서 가야겠어.'

피디는 그 누구보다 더한 최수민의 광팬이 되어있었다.

◇

"이번이 벌써 3번째입니다. 지구에 몬스터가 등장한 것이요."

대통령은 한숨을 푹푹쉬면서 최수민과 임동호를 바라보며 말했다.

여전히 대통령 주변으로는 각 부처의 장차관들과 재계 총수들이 앉아있었고 최수민을 처음 만났던 자리와는 다르게 무거운 분위기가 맴돌고 있었다.

"다행히 이번에도 빠른 대처로 큰 피해는 없었지만 이게 한두번도 아니고 벌써 3번째면 앞으로도 계속 될 것이라는 말이지 않습니까?"

"조만간 큰 일이 터지지나 않을까 걱정입니다. 이번에는 비교적 약한 몬스터들이라고 했지만 그건 능력자들의 기준이고 저희 일반인들에게는 공포의 대상들이잖아요."

자리에 앉아있던 사람들은 자신들의 의견을 내놓기 바빴다.

"임동호씨는 왜 갑자기 지구에 몬스터들이 등장하는지 혹시 알고 있는 것이 없어요?"

"죄송합니다만 아직까지 저도 파악중입니다."

임동호도 왜 갑자기 지구에 몬스터들이 나타나는지 알

수 없었다.

아직까지 확실한 것은 아무것도 없었다.

몬스터들이 나타나는 곳도 무작위였고, 나타나는 시간도 일정하지 않았다.

'아직 세 번. 너무 정보가 부족하다.'

공통점이라도 있다면 좋을텐데 공통점이라고는 찾아볼 수가 없었다.

하나 있다면 무작위로 등장해서 사람들을 죽이려고 한다는 것 정도?

"최수민씨는 아는 것이 없나요?"

그러게요. 나도 궁금하네요.

"저도 잘 모르겠네요. 다만…."

최수민이 말을 끊자 모든 사람들이 궁금해 죽겠다는 듯이 모두 말을 멈추고 최수민의 얼굴만 바라보았다.

"지금 문제는 이 몬스터들이 무작위로 등장한다는 것이 잖아요."

"그렇습니다. 특히 어디서 나오는지만 알아도 대비라도 할텐데 예고도 없이 장소도 마음대로 등장하니 그게 가장 큰 문제죠."

국방부 장관의 말대로 어디서 등장할지 모른다는 것이 가장 큰 문제였다.

어디서 등장하는지라도 알면 주변에 사람들이 가지 못하게 통제를 하고 그 주변에 능력자들을 배치할 텐데.

지금은 그런 상황이 아니었다.

몬스터들이 나타나고 제보가 들어오면 그제서야 능력자가 가서 처리를 하는 것이니 피해가 없을래야 없을 수가 없었다.

그 과정에서 사람들의 불안감은 더욱 증폭되어 가는 것은 말할 것도 없고.

그래서 우스개 소리로 가장 안전한 곳은 능력자들이 살고 있는 집근처, 그리고 대형 길드의 건물이 있는 곳이라는 말이 돌아다니고 있었다.

"만약 언제 나타나는지는 모르지만 어디서 나타나는지는 알 수 있다면 문제는 조금 해결되는 건가요?"

최수민이 말을 마치자 임동호가 가장 먼저 무슨 말이냐는 듯이 최수민을 쳐다보았고, 다른 모든 사람들의 시선도 최수민을 향했다.

그렇고 말고.

라고 말을 하고 있는듯한 눈빛.

언제나타나는지는 몰라도 어디서 나타나는지만 알면 상황은 순식간에 달라진다.

한 지역만 철저하게 경계하고 방어하면 되니까.

"그게 가능한 건가?"

모든 이들이 침묵하는 가운데 대통령이 가장 먼저 입을 열었다.

"가능합니다. 시간이 얼마나 걸릴지 모르지만요."

"그게 가능하다고? 왜 이때까지 아무말도 안했던 거야?"

가능하다는 말이 나오자마자 임동호가 물어보았다.

"저도 방금 전에 알았거든요. 정확히 말하자면 인천에 나온 몬스터들을 잡고 여기로 오는 길에 레나가 말을 해준 거에요."

그걸 미리 알았다면 나도 슬리퍼 질질끌면서 인천까지 가지 않았겠지.

다른 사람들은 최수민의 말에 임동호보다 더 놀란 얼굴로 최수민을 쳐다보고 있었다.

몬스터들을 원하는 곳에 나타나게 할 수 있다니?

가장 좋은 방법은 왜 몬스터가 다시 지구에 나타나고 있는지 알아내서 원인을 제거하는 것이지만, 지금은 뾰족한 방법이 없었다.

그런 가운데서 나온 최수민의 의견은 사람들의 관심을 끌기에 충분했다.

그들중에는 벌써 머릿속으로 계산을 마친 사람도 있었다.

'우리나라가 안전지대가 되면 지금 불안감을 가지고 있는 부자들이 우리나라로 올 것이다.'

자신의 집 옆에 몬스터가 나오지 않으리라는 법은 없다.

아무리 돈이 많아도 목숨은 하나.

총군 연합과 계약을 했다고 해도 그들이 모든 부자들을 다 신경써줄 수는 없다.

최수민이 말한대로 된다면 적어도 언제 몬스터가 자신의 집 옆에 나타날지 모르는 환경보다는 안전한 환경이 되는 것이니 전 세계의 부자들을 비롯한 많은 사람들을 끌어 모을 수 있었다.

그것이 나라에 큰 보탬이 된다는 것은 말할 것도 없고.

"그건 얼마나 걸리나요?"

할 수 있다고 했으니 최대한 일을 빨리 진행하는 게 좋다.

대통령은 당연히 최수민이 그것을 해줄 것이라고 생각하며 물어보았다.

"그건 저한테 얼마나 주시냐에 따라 다르죠. 저한테도 우선순위라는게 있으니까요."

물 들어올 때 노 저어야지.

이 사람들은 최수민이 상상하지도 못하는 돈을 쥐어줄 수 있는 사람이다.

그런데 공짜로 해준다?

해줄 수는 있다. 충분히 많은 돈을 받았으니까.

하지만 돈이라는 것은 있다가도 없어지는 것.

비록 평생 써도 못 쓸 것 같은 돈이 있었지만 돈은 많으면 많을수록 좋다.

'애초에 이런 것에 대한 조항이 없었으니 뭐 나한테 강요할 순 없는 거 아니겠어?

최수민이 얄미운, 아니 정말 악마같아 보이는 순간이었지만 대통령은 금세 정신을 차리고 다시 물어보았다.

"그거야 저희가 섭섭하지 않게 해드릴 테니 중요한 건 얼마나 빨리 할 수 있는가에요. 아시다시피 또 언제 몬스터들이 나타날지도 모르니까요."

대통령의 물음에 최수민은 대답대신 레나를 쳐다보았다.

"음… 이 나라가 얼마나 큰지 모르니까. 오래 걸리면 한 달? 아니면 조금 더 일찍 끝날지도. 이런 대규모 마법진은 아직까지 만들어보지 않아서."

마법진이라는 이야기에 임동호와 최수민을 뺀 나머지 사람들의 표정이 변했다.

아마도 마법진이 뭐지? 라고 하는 표정.

능력자들이 아니고서야 마법진이라는 것을 구경해 볼 일이 전혀 없으니 알지 못하는게 당연했다.

"일단 그럼 바로 시작해볼까요?"

빠르면 빠를수록 좋다. 모두가 알고 있는 일이기에 다들 고개만 끄덕였다.

◇

"여기쯤이면 될 것 같아."

최수민은 레나가 말한 곳에 마법진을 그리기 시작했다.

레나가 머릿속에 넣어준 마법덕분에 아무런 마법적 지식이 없었음에도 불구하고 마법진을 그리는 것은 어렵지 않았다.

89

"이렇게 하면 되는 거에요?"

이거 내가 그렸는데도 못 알아보겠네. 설마 한 소리 듣지는 않겠지.

"응. 잘했어. 처음 해보는 건데도 잘하네?"

뭐 머릿속에 있는 걸 그대로 그리기만 했을뿐인데.

레나는 최수민의 머리를 쓰다듬어주며 최수민의 마법진을 바라보았다.

"이런 걸 전국적으로 돌아다니면서 몇 개씩 그려놓으면 그걸로 되는 거에요?"

"응. 맞아. 그 때 화산지역에서 텔레포트를 할 수 없었던 거 기억나지? 그것처럼 아무곳에나 공간 이동을 할 수 없게 만드는 거야. 그렇게 하면 몬스터들이 어떻게 공간 이동을 해와도 우리가 설정해놓은 특별한 지역에 도착하게 되겠지."

마법이라는 것은 참 편리했다.

비록 전국을 다 돌아다녀야 한다는 불편함이 있기도 했지만 과학 기술로도 할 수 없는 것을 해내다니.

"다른 사람들은 못 한다는 게 참 아쉽네요. 다른 사람들도 이런 걸 할 수 있으면 금방할 텐데."

레나의 말대로라면 마법을 사용할 수 있는 능력자들도 할 수 없는 일이라고 한다.

레나의 말을 빌리자면 그 놈들은 마법에 대해서는 하나도 모르는데 어떻게 마법을 쓰는지 신기하다고나 할까.

티어린에서는 마법을 배우기 위해 엄청난 시간을 보내고 그 시간을 보내도 강력한 마법을 사용하지 못하는 마법사들이 많은데 여기서는 그냥 쉽게 배우고 쉽게 사용한다고 한다.

물론 쉽게 배운만큼 마법을 활용하는 방법은 전혀 모른다.

"이거 그려놓은 것만 보면 다른 사람들도 다 할 수 있는 것 아니에요?"

요즘 세상엔 사진기술이 발달해있어서 최수민과 레나가 그려놓은 것을 보고 정확하게 따라 그릴 수 있을 것이다.

"그리는 거야 할 수 있지 작동이 안하니까 문제지."

하긴 그럴싸하게 따라 그렸다고 다 된다면 이 고생을 하지도 않겠지.

"그런데 여기말이야. 정말 마법사가 없었던 것 맞아?"

있긴 있었죠. 25살까지 동정인 사람들을….

"없었어요. 론디움이 생기고 나서부터 마법을 사용하는 사람들도 생겼거든요."

갑자기 레나가 질문을 해오자 갑자기 궁금해지기도 했다.

70억명이 넘는 사람들중에 정말 없었을까?

세상은 넓고 모르는 일들이 많이 일어나니까.

"그런데 그건 왜 물어보는 거에요?"

"내가 전에 이야기 했던가? 티어린에 나보다 더 강한 사람이 있다고."

얼핏 들은 것 같기도 하다. 이순신과 이야기를 할 때였던가?

"네. 들어본 것 같아요."

"걔가 여기 출신이거든."

아무것도 모르는 사람이지만 한 번 놀라줘야 될 타이밍 같아서 한 번 놀라는 표정을 지은 후

"네? 여기서 어떻게 거기로 갔대요?"

전례가 없는 경우는 아니다. 이순신 장군이 그랬으니까.

"그래서 내가 물어본 거야. 마법진을 만들다보니 여기서 티어린으로 향한 공간 이동의 흔적이 느껴지거든."

"그래요? 거참 신기하네요."

여기서 갔다고는 해도 전혀 모르는 사람 이야기에 관심을 가질 필요는 없지. 지금 할 일도 많고.

시큰둥한 반응을 보이자 레나도 관심이 없다는 듯이 이야기를 이어가지 않았다.

"그럼 다음 장소로 이동하자."

순식간에 마법진 3개를 그려놓은 레나와 최수민은 다음 장소로 이동하기 위해 자리에서 일어났다.

"여보세요?"

다른 장소로 옮기기 위해 자리에서 일어나는 순간 최수민의 전화가 울렸다.

"최수민 마법진을 만드는 건 잘 되어가고 있어?"

인기스타가 되었지만 여전히 최수민의 전화를 울리는 것

의 대부분은 임동호였다.

"네. 이제 반정도 끝낸 것 같아요. 확실히 마법진을 만들기 시작한 이후부터는 경기도나 강원도 쪽에는 몬스터가 튀어나오지 않는 것 같네요."

마법진을 경기도와 강원도부터 만들기 시작하자 몬스터가 더 이상 나타나지 않았다.

총 2번의 추가적인 몬스터의 습격이 있었지만 그것들은 남부 지방에만 집중되었다.

"마법진을 만드는 것도 좋지만 이제 슬슬 상급 마족을 잡아도 될 것 같아. 아니다. 이왕 하는 거 빨리 완성하고 돌아와. 상급 마족을 잡을 준비는 잘 되어가고 있으니까."

벌써 중급 마족 사태가 있은지도 2달이 넘었다.

그동안 마족이라고 구경한 것은 겨우 최하급 마족들뿐.

"그래요? 그럼 최대한 빨리 완성하고 돌아가도록 하죠."

마족을 잡을 수 있다는 생각에 들뜬 최수민의 발걸음이 조금 더 빨라졌다.

'데스나이트들도 다 꺾은 내 실력을 제대로 확인할 수 있는 기회다.'

중급 마족과 차원이 다르게 강하다는 상급 마족.

그 놈들은 얼마나 강할지 가슴이 뛰기 시작했다.

3장. 몬스터랑 무슨 관계야?

3장. 몬스터랑 무슨 관계야?

"후… 확실한 거지 최지현?"

최수민과의 전화를 끊은 임동호의 앞에는 최지현이 앉아 있었다.

무력 길드의 부길드장.

그리고 최수민을 위기에서 구해주었던 그녀는 대답대신 고개만 살짝 끄덕였다.

자리에 앉은채 주먹을 꽉쥐고 있었고 두 눈은 초롱초롱 하게 빛나고 있었다.

"왜 자유 길드가 우리를 도와주는지에 대해서는 전혀 이 야기할 수가 없다니."

"미안해. 그것까지는 아직 내가 이야기 해줄 수가 없어.

단지 확실한 것은 지금 상황에서 자유 길드는 우리의 적은 아니라는 거야."

임동호가 누가 자유 길드에 정보를 흘렸는지 찾아보다가 겨우 찾아낸 것이 바로 부길드장인 최지현이었다.

'등잔 밑이 어둡다더니 내 바로 밑에서 이렇게 자유 길드와 이야기를 하고 있는데도 눈치를 채지 못했었군.'

능력자가 된 이후 많은 시간을 같이 사냥하며 동료애를 쌓았다고 생각했는데 최지현이 자유 길드와 이야기를 하고 있었다는 사실에 처음엔 뒤통수가 아파왔다.

그 사실을 알고 나서 최지현과 이야기를 하다보니 자유 길드와 내통하기 시작한 것이 하루 이틀이 아니었다.

자신이 모르게 오래전부터 김진수와 이야기를 하고 있었던 것.

'하긴 이 녀석 김진수랑도 친했었지.'

김진수가 자유 길드를 만들기 전, 그리고 자유 길드를 만든 후에 폭군처럼 행동하기 전까지만 해도 임동호, 배재준, 최지현, 김진수는 항상 함께 다니며 사냥을 했었다.

지금 색볼펜 트리오가 있다면 당시엔 임동호와 일행들이 그 정도의 인기를 구사할 정도로 강한 파티였다.

"아직이라는 말은 나중엔 언젠가 이야기해주겠다는 말이네. 그게 언젠지는 몰라도."

"아마 조만간 말해줄 수 있을 거야. 날 믿고 안 믿고는 네 자유긴 하지만 내가 해줄 수 있는 말은 우리가 지금 해야하는

일에 자유 길드가 도움을 줄 수 있다는 거야. 그 때 포니아에
서 있었던 일처럼."

오른손으로 턱을 매만지는 임동호.

턱을 매만지며 깊은 생각에 빠졌다.

자신이 혼자였다면 최지현의 말을 그냥 믿었을 테지만
지금은 혼자가 아니다.

최수민을 비롯해 다른 많은 길드원들의 목숨이 자신의
선택에 달려있었다.

"조금 더 확실하게 내가 믿을 수 있는 정보를 줘. 나는
믿는다고 해도 나와 같이 행동하는 사람들도 믿을 수 있게
만들어줘야지."

"그래. 좋아. 론디움에서 디에고 지역으로 가봐. 김진수
에게 듣기로는 그 지역에 지구로 가는 몬스터들이 모여있
다고 했어. 몇 개의 지역들이 있지만 나도 디에고밖에 들은
곳이 없어."

많은 지역이 있는데 왜 디에고만 알려주었을까?

김진수에게도 정말 말 못한 사연이 있는 거겠지.

한 때는 동료였던 김진수니까 한 번 믿어보겠다는 생각
으로 임동호는 최수민에게 다시 전화를 걸었다.

기다란 야자수들이 줄을 지어 서있는 곳.

파란 하늘엔 구름 한 점 없었고, 야자수들이 이어지는 곳을 따라 사람이 다닐 수 있는 길이 만들어져있었다.

길게 이어진 길을 따라 세 사람이 걷고 있었다.

"상급 마족을 잡으러간다고 했다가 잡 몬스터를 잡으러 간다고 하니 갑자기 힘이 빠지네요."

상급 마족을 잡을 생각에 설레고 있었는데 갑자기 약한 몬스터들을 잡으러 가다니!

"잡 몬스터라고 한 적은 없는데? 지구로 가고 있는 몬스터들이라고 했지."

"그게 그거죠. 중급 마족 이후로 지구에 오는 몬스터들이라고 해봤자 약해빠진 놈들밖에 없는데…."

"그런 소리 함부로 했다가 한국에서 총, 아니 칼맞는다."

최수민에게야 약해 빠진 놈들이지 일반인들에게 몬스터들은 공포의 대상이다.

"알았어요. 하지만 약한 몬스터들인 건 사실이잖아요."

"그래. 인정."

두손을 들며 졌다는 듯한 제스처를 취하는 임동호의 옆에서 레나의 목소리가 들려왔다.

"그런데 여기에 지구로 가는 몬스터들이 있다는 것은 어떻게 알아낸 거야? 따로 느껴지는 건 없는데."

"제가 가진 정보망이 좀 됩니다. 아직까지 다 알아내지는 못했어도 조만간 더 찾아낼 계획이에요."

최수민이 김진수에게 죽었다는 것을 알고 있기에 자유

길드라는 이름은 아예 꺼내지도 않았다.

만약 그걸 말했다간 최수민이 당장 최지현의 멱살을 잡으러 갈지도 모르는 일이다.

"저기 보인다. 많기도 많네. 완전 모래알같잖아."

길이 끝나가는 곳에 도착하자 눈 앞에 엄청나게 많은 숫자의 몬스터들이 보였다.

눈에 익은 몬스터들도 있었지만 그것보다 처음 보는 종류의 몬스터들이 더 많았다.

"저건 무슨 몬스터지? 혹시 아는 몬스터에요?"

하늘은 새까맣게 뒤덮고 있는 몬스터들.

거대한 날개를 펼치며 하늘을 날아다니고 있는 녀석들은 옛날 지구에 살았던 익룡을 보는 것 같았다.

물론 직접 본적은 없지만.

"와이번이네. 상대하기가 좀 까다로운 몬스터야. 빠르기도 빠르고 하피랑 다르게 엄청나게 높은 곳에서 날아다니거든."

"그래요? 어차피 우리를 공격할 때는 땅에 내려와야하니 그 순간을 노리면 되겠네요. 그건 그렇고 진짜 처음 보는 몬스터들이 엄청 많은데요?"

몸통은 트롤같이 거대한 놈이 얼굴은 사자의 모습을 하고 있는 녀석도 있었고, 피부는 악어같은데 얼굴은 코끼리의 모습을 하고 있는 놈도 있었다.

"문어 같이 생긴놈도 있잖아?"

임동호의 손가락이 가리키고 있는 곳에는 머리가 반짝반짝 빛나며 8개의 손에 각자 다른 무기를 가지고 있는 녀석들이 있었다.

여기가 바로 동물원! 아니 박물관이구나!

박물관에 박제되어 있는 녀석들을 보는 눈빛으로 놈들을 관찰하고 있는데 레나의 얼굴은 조금씩 안 좋아지기 시작했다.

"여기 있는 놈들은 이때까지 등장했던 놈들과 다르게 조금 강한 녀석들인데? 누가 정보를 줬는지는 몰라도 이 정보를 미리 주지 않았다면 지구가 다시 한번 위험해질 뻔했어."

"그런가요? 그럼 일단 저 녀석들을 처리하죠."

레나의 말을 들은 임동호가 먼저 무기를 들었다.

'김진수가 우리 편이라는 게 사실인가? 정말 이놈들이 지구로 갔으면 위험했을지도 모르겠다.'

임동호조차도 처음 보는 몬스터가 많은 디에고.

이 놈들이 지구로 건너갔다고 생각하자 상상만으로도 끔찍했다.

'이 놈들을 잡고나면 자유 길드의 도움을 받아서 상급 마족을 잡으러 가야겠군.'

"먼저 갑니다?"

임동호가 김진수에 대한 일을 생각하는 동안 최수민은 싸울 준비를 마쳤다.

"잠깐만. 저기 들어가기 전에 몬스터들 숫자를 조금 줄여놓고 가야지."

이제 드래곤 하트에 마나도 상당히 많이 회복되었겠다.

레나는 이때까지 보여주지 않았던 강력한 마법을 준비하고있었다.

"잠깐만 기다려봐."

기다려보라는 레나의 말과 달리 최수민과 일행들을 발견한 몬스터들은 이미 최수민과 일행들을 향해 달려오고 있었다.

100미터.

50미터.

몬스터들과의 거리가 점점 좁혀지고 있었지만 아직까지 레나의 마법은 준비가 되지 않은 것 같았다.

"아직 멀었어요? 그냥 저기 뛰어가서 싸우는게 더 빠를 것 같은데요."

"다 됐어."

레나가 이렇게 오랜시간 캐스팅을 했었던 적이 있었던가?

평소에 간단한 캐스팅과 함께 마법을 사용하던 레나가 꽤 오랜 시간 캐스팅한 만큼 어떤 마법이 나올지 궁금했다.

그리고 그런 최수민의 궁금증을 해소해주는 말이 레나의 입밖으로 튀어나왔다.

"미티어 스트라이크."

레나의 말이 끝나자마자 파랗던 하늘에 짙은 어둠이 깔리기 시작했다.

자욱하게 깔린 어둠속에서 불꽃 덩어리들이 하나 둘씩 머리를 들이밀었고,

콰앙!

그것은 엄청난 속도로 떨어져 땅과 충돌했다.

하나가 끝이 아니었다.

그 하나를 시작으로 하늘에서 커다란 돌 덩어리들이 쏟아지기 시작했다.

작은 것은 수박만한 것이었고 커다란 것은 쌀가마니만한 것이 떨어졌다.

콰앙. 콰앙.

돌 덩어리가 땅에 부딪힐 때마다 작은 크레이터들을 만들었고 그 크레이터에서 퍼져나간 충격파는 땅을 흔들리게 만들었다.

"으으. 마법중에 이런 마법도 있었어요?"

이때까지 보았던 마법들과 아예 스케일이 달랐다.

캐스팅이 조금 길어져서 대단한 마법이겠거니 했는데 이것은 완전 지각변동을 일으킬만한 마법이었다.

임동호도 놀란 것은 마찬가지였다.

싸울 준비를 하고 있다가 갑자기 떨어지는 운석들에 싸울 의지를 잃고 때아닌 운석쇼를 구경하기에 바빠보였다.

"아직 너한텐 가르쳐주지 못했지만 이 정도 규모의 마법이 몇 개 더 있어."

꾸에엑, 꽤액.

운석에 직격한 몬스터들은 즉사했고 운이 좋게 운석이 스쳐지나간 녀석들도 운석이 땅에 닿는 순간 퍼져나간 충격파에 몸이 성하지 않았다.

"꾸에에엑!"

그 와중에 몸에 구멍이 몇 개 뚫려있는 코끼리 머리의 몬스터 하나가 거대한 창을 들고 최수민을 향해 뛰어왔다.

피로 온 몸을 칠한 녀석의 창이 최수민의 몸을 향해 날아왔다.

까앙.

검으로 코끼리 녀석의 창을 쳐낸 후 녀석의 다리를 잘라놓기 위해 검을 휘두르려는 순간 무언가가 최수민의 얼굴을 후려쳤다.

아차. 코끼리는 코도 손이랬지.

길다란 코로 얼굴을 후려갈긴 그 녀석은 다시 한 번 최수민을 향해 창을 휘둘렀다.

'두 번은 안당하지.'

라고 생각하며 창을 피한 후 코를 베어내려고 하는 순간 코끼리의 코에서 액체가 튀어나왔다.

[아라크네를 홀로 해치운자 칭호의 힘으로 엘리펀트 나이트의 일시적인 마비독의 효과를 50%만 적용받습니다.]

겨우 물이겠지 하고 맞았더니 몸의 움직임이 갑자기 느려지는 것이 느껴졌다….

퍼억.

생전 처음 경험해보는 마비독.

그 때문에 충분히 피할 수 있는 공격이었지만 몸의 감각이 더뎌지면서 다시 한번 엘리펀트 나이트의 공격을 허용하고 말았다.

'젠장. 별로 강하지도 않은 놈이 잔재주만 엄청나잖아.'

공격력 자체는 그렇게 강하지 않았다.

물론 최수민이라서 그랬지 웬만한 레벨의 사람이었다면 엘리펀트 나이트의 코로 맞는 순간 스턴에 걸리거나 엄청난 충격을 받았을 것이다.

옆을 쳐다보자 임동호도 처음 당하는 패턴의 공격에 꽤나 당황하고 있었다.

"뭐해? 두 사람? 처음 보는 놈들이라도 강한 놈들도 아닌데 집중해."

레나는 길다란 머리카락을 휘날리며 다가오고 있는 몬스터들을 상대하고 있었다.

몬스터들이 다가오기도 전에 멀리서 마법을 사용해서 처리하니 처음 보는 몬스터들이라도 전혀 새로울 것도 없었다.

'그래. 잡 몬스터라고 했는데 고전하고 있으면 말이 안 돼지.'

집중하면 처리하지 못할 것도 없다.

애초에 코로 공격해오는 것도, 그리고 마비독을 뿜어내는 것도 집중하고 싸웠다면 충분히 피해낼 수 있는 공격들이었다.

게다가.

푸욱.

'피할 것 까지도 없지.'

최수민이 앞에 푸른 빛이 빠르게 지나가더니 엘리펀트 나이트의 다리에 또 다른 구멍이 하나 생겨나있었다.

'꼭 한방에 죽일 필요도 없고.'

니발에게서 몸으로 체득한 찌르기는 의외로 쓸모 있는 기술이었다.

다리에 또 다른 상처가 생긴 엘리펀트 나이트가 다시 한 번 창을 들었지만 최수민의 검이 더 빨랐다.

순식간에 다리에 몇 개의 구멍을 더 만들어놓자 엘리펀트 나이트는 뒤로 쓰러진채로 다시 일어나지 못했다.

"이렇게 까다로운 몬스터들이 많을줄 알았으면 다른 길드원들도 데리고 오는건데."

"왜 약한 소리를 하시고 그래요. 아직 보스 몬스터는 등장도 하지 않았는데."

"이왕이면 아까 그 운석에 맞아 죽었으면 좋겠는데."

"그럼 보스 몬스터 자격도 없는 놈이죠. 이왕이면 보스 몬스터랑은 직접 싸워야죠."

마족이랑은 못 싸워도 보스 몬스터 손맛은 봐야지.

한 번 싸움을 시작했더니 데스나이트와의 싸움이 생각나
며 가슴이 두근거리기 시작했다.

"여기 있는 놈들이나 제대로 잡고 말해. 입만 살아가지
고"

지금까지 가장 많은 몬스터를 잡은 레나의 한 마디에 두
남자는 아무 말 없이 몬스터를 향해 검을 휘두르기만 했다.

'최수민? 저 녀석이 어떻게 여기를?'

최수민과 일행들이 몬스터를 잡고 있는 모습을 쳐다보고
있던 한 남자.

그 남자가 최수민과 일행들을 향해 걸어가기 시작했다.

"이제 적당히 정리가 된 거 같죠?"

야구장 몇 개를 합쳐놓은듯한 공간을 빼곡하게 채우고
있던 몬스터들이 어느새 시체로 변해있었다.

수많은 몬스터들의 절반정도는 레나의 미티어 스트라이
크에 죽은 상태였고 나머지 몬스터들은 직접 하나씩 하나
씩 상대해야만 했다.

"후. 그러게. 이제 돌아가볼까? 의외로 경험치가 잘오르네 내 레벨에도 40%가 오를정도라니."

어느새 800레벨을 바라보고 있는 임동호의 레벨에도 40%가 올랐으니 최수민은 레벨이 벌써 몇 개가 오른상태였다.

"아쉽네요. 보스 몬스터 하나 정도는 나올줄 알았는데. 여긴 그냥 몬스터 공장 같은 곳이었나봐요."

근데 그땐 분명 공장장같은 놈이 하나 있었는데?

레나와 이규혁과 함께 갔었던 그곳.

그곳에는 분명 마족 하나가 공장장 역할을 하고 있었다.

그 생각이 들자 최수민은 주변을 살피기 시작했다.

'분명 여기도 한 놈쯤 있을 거다. 이렇게 중요한 장소를 방치해놨을 리가 없지.'

눈에 보이는 것이라곤 운석이 만들어놓은 크레이터들.

그리고 방금 자신의 손으로 죽인 수많은 몬스터들의 시체.

"왜 뭐 찾고 있는 거라도 있어?"

최수민이 두리번거리자 레나가 최수민을 쳐다보며 물어보았다.

"여기 분명 관리하는 마족 같은 게 하나 있을 텐데 보이지가 않아서요. 그 때도 그랬잖아요. 몬스터들 많은 곳에 마족 하나가 있었던 것 기억나죠?"

"그러고보니 그러네. 몬스터들이랑 싸우는데 집중해서 우리가 몰랐던 걸까?"

최수민은 눈을 감고 집중을 하기 시작했다.

주변에 존재하고 있는 야자수들의 마나마저 놓치지 않을 기세로 주변의 마나를 탐지하기 시작했고,

'무언가가 있다!'

그러자 금새 이질적인 기운 하나를 찾을 수가 있었다.

'여기로 다가오고 있는데?'

그리고 그 이질적인 기운은 자신들을 향해 유유히 걸어오고 있었다.

그렇게 멀지 않은 곳.

최수민은 고개를 돌려 이질적인 기운이 느껴지던 곳을 쳐다보았다.

"저기 뭔가가 다가오고 있어요!"

이질적인 무언가가 다가오고 있었지만 보스 몬스터라고 생각한 최수민의 목소리는 약간 들뜬 상태였다.

'마족? 마족이라기보다는 사람같은데? 이 장소를 알고 있는 다른 사람이 있었던가?'

최수민의 말하는 곳에서는 몬스터가 아니라 사람의 형상을 한 누군가가 걸어오고 있었다.

'이 장소를 아는 사람이라고면 자유 길드원일 텐데 골치아프게 되었군. 최수민이 자유 길드 사람을 살려 보낼 것 같지도 않고.'

이제 김진수를 믿어도 되겠다는 확신이 선 상황에서 최수민이 자유 길드원을 죽인다면 일이 꼬일 확률이 컸다.

"그냥 사람같은데? 아마 여기서 사냥을 하려고 했던 모양이군. 우리가 선수를 쳐서 몬스터는 없어졌지만."

임동호는 말을 돌리며 최수민을 데리고 가려고 했다.

"설마 여길 혼자서요? 느껴지는 기운이 예사롭지 않은게 분명 보스 몬스터일 거에요. 인간형 보스몬스터."

그러나 보스 몬스터에 대한 기대감으로 전혀 꿈쩍도 하지 않는 최수민.

그런 최수민앞에 이질적인 기운을 가진 사람이 다가왔다.

"이규혁?"

눈 앞에 나타난 이규혁은 분명 최수민과 일행들이 알고 있던 이규혁이었다.

'근데 왜 이렇게 이질적인 기운이 느껴지는 거지?'

분명 이규혁과 꽤 오랜시간을 같이 다녔다.

그만큼 이규혁에게서 느껴지던 마나와 기운들을 모를 리가 없었다.

"니가 여기 무슨 일이야?"

레나도 이규혁을 알아보고는 살갑게 말을 건네었다.

"못 본 사이에 훨씬 더 강해졌군. 최수민."

레나의 말을 무시한 채 검을 뽑아 드는 이규혁.

그리고 이규혁의 검에 검은색 마나가 스며들기 시작했다.

"무슨 짓이야? 한 번 싸워보겠다는 거야?"

당장이라도 검을 휘두를 기세로 검에 마나를 불어넣고 있는 이규혁을 보고 최수민도 자신의 검에 푸른빛의 마나를 불어넣기 시작했다.

　"먼저 싸움을 걸어온 건 그쪽일 텐데?"

　이규혁이 주변에 널려있는 몬스터들의 시체에 시선을 주며 말했다.

　"먼저 싸움을 걸어왔다고? 설마 이 몬스터들이 전부 너희 편이었다는 거냐?"

　그러고보니 이규혁 눈의 색깔이 변하는 것 같은데?

　이야기를 시작할때만해도 검은색이던 눈동자가 어느새 빨간색으로 변해있었다.

　'마나도 검은색 마나가 나오는 것도 그렇고 대체 무슨 일이야?

　마족들의 상징은 암흑 마나.

　그것을 이규혁이 다루고 있었다.

　"그쪽에서 싸움을 걸어왔으니 어디 한 번 실력이나 볼까?"

　휘이익!

　검은 빛이 파란 하늘을 수놓으며 최수민을 향해 날아왔다.

　"아마 실력을 보기도 전에 죽을 텐데?"

　까앙.

　최수민은 검을 들어 이규혁의 검을 막은 후.

쉬이익!

그대로 이규혁의 다리를 향해 검을 내질렀다.

푸욱하는 소리와 함께 이규혁의 다리를 관통한 최수민의 검은 바로 이규혁의 오른쪽 어깨를 향해 날아갔다.

'물어볼게 있으니 죽일 순 없지.'

아마 첫 공격이 다리가 아닌 심장이나 목을 노렸다면 한 번에 죽일 수도 있었을 것이다.

이번 공격도 단지 이규혁을 전투불능 상태로 만들기 위한 공격.

그 공격을 이규혁이 허리를 돌리며 피해낸 후 최수민의 목을 향해 검을 날려왔다.

'이 녀석은 진짜 날 죽이려고 검을 날리고 있잖아?'

실력을 보자고 하더니 진짜 죽일 듯이 달려들다니.

갑자기 적당히 사정을 봐주면 안되겠다는 생각이 들었다.

나만 봐주긴 억울하잖아.

"이 자식 실력을 보자더니 누구 죽는꼴 보려고 하는 거야?"

최수민이 이규혁의 검을 피한 후 이번엔 이규혁의 목을 향해 검을 휘둘렀다.

까앙.

그러나 최수민의 검을 막은 것은 이규혁이 아니라 임동호의 검이었다.

"잠깐. 물어볼 것도 많은데 죽일 생각이야?"

이규혁에게 궁금한 것이 있는 것은 최수민만이 아니었다.

몬스터들이 뭉쳐있는 곳에 있는 이규혁.

그리고 그 놈들을 같은 편이라고 말하고 있는 이규혁에게 임동호도 관심이 생긴 상태였다.

지구에 등장하고 있는 몬스터들에 대한 정보는 이규혁이 알고 있는 것이 분명해보였으니까.

"이규혁. 알고 있는 것에 대해서 말해주는 게 어때? 여기서 목숨을 잃고 싶지 않다면 말이야."

최수민의 검을 막고 있는 상태에서 임동호가 이규혁에게 물어보았다.

검을 몇 번 맞대지 않았지만 누가봐도 두 사람의 실력차이는 확실해보였다.

이규혁은 다리에 상처를 입었고 최수민은 아주 깨끗했다.

게다가 마지막 공격도 임동호가 막아주지 않았다면 최수민의 공격에 이규혁의 목이 땅에 떨어졌을지도 모른다.

"나에게 무엇을 물어보고 싶은지는 몰라도 이런식으로 싸움이 끝나게 되니 기분이 좋지 않군."

이규혁은 자신에게 날아오던 최수민의 검을 막은 임동호의 검에 눈길을 보내고 있었다.

어쩌면 이번이 좋은 기회였는데 임동호에 의해서 그 기회가 무산이 되었다.

"알고 싶은 게 무엇인지는 몰라도 하나는 알려주지. 서 벨리 빙하속에 있는 아블을 죽이지 않으면 앞으로 지구가 계속 위험해질 거다. 지금보다 훨씬 더."

말을 마친 이규혁의 몸이 검은색 마나로 둘러싸이기 시 작했다.

"아블? 아블에 대해서 뭘 알고 있는 거야?"

니발에게서 들었던 뱀파이어의 이름.

인터넷에서 찾지 못했던 그 이름이 이규혁의 입에서 나 왔다.

"오늘은 이만 가지만 다음 번엔 쉽지 않을 거다."

하지만 이규혁은 최수민의 물음에 대답해주지 않은채 검 은 빛에 둘러싸여 어디론가 사라져버렸다.

'젠장. 이규혁이 아블에 대해서 알고 있다니 대체 어떻 게 된 거야?'

이규혁과 헤어진 후 무슨 일이 있었기에 마족들이 사용 하는 암흑 마나를 사용하고 있고, 어떻게 아블에 대해서 아 는 것일까?

"최수민. 어떻게 된 거야? 원래 이규혁과 함께 다니지 않 았었나?"

이규혁이 사라지자마자 임동호가 물어왔다.

그걸 제가 어떻게 알아요? 저도 궁금한거 투성인데.

"서울에 몬스터가 나온 이후로 이규혁과 헤어진지 오래 됐어요. 아니 정확히 말하자면 서벨리 빙하에 온 이후에

115

헤어졌다고 해야죠."

"대체 무슨 일이 있었던 거야? 만나자마자 죽일 듯이 검을 휘두르는데?"

"그건 제가 더 궁금한 거에요. 갑자기 왜 그러는 거지?"

"그래도 하나는 추측할 수 있을 것 같은데? 여기 온 보람이 있네."

두 사람의 이야기를 듣기만 하고 있던 레나가 말을 꺼냈다.

"그게 무슨 말이에요?"

"잘 생각해봐. 처음 몬스터가 서울에 나타났을 때 그 때 이규혁이 있었지? 그리고 지금 몬스터들이 많은 곳에도 이규혁이 있었잖아."

그건 그렇지. 그런데 이규혁이 없이도 몬스터가 지구에 온 경우가 많았고. 혹시나 이규혁이 한국이 아닌 다른 곳에 나타났었던 것일까?

"그렇긴한데요. 그걸로 뭘 추측할 수 있다는거에요?"

"이규혁이 몬스터를 지구로 몰아오는 키야. 왜 지구에 몬스터들이 안 나오다가 갑자기 나타났을까?"

"그건 론디움이 생긴 이래로 여기서 몬스터들만 잘 잡으면 나타나지 않으니까요."

"그런데 갑자기 몬스터들이 나타나기 시작했잖아? 무엇 때문인지는 몰라도?"

사뭇 진지해진 레나의 얼굴.

그러나 아는 것이 없었기 때문에 최수민은 멀뚱멀뚱 바라만 보고 있었다.

"내 생각이 맞다면 이 녀석들이 지구로 갈 수 있었던 길이 막혀있었던 거야. 그런데 이규혁이 지구로 가게되면서 몬스터들이 지구로 갈 수 있는 길이 뚫린 거고."

뭐 잘 모르겠지만 레나가 그렇다니 그런 것 같기도 하다.

"이규혁이 지구에 한 두 번 간 것도 아닐 텐데 왜 갑자기 그랬을까요?"

"그것도 생각해보니까 계기가 다 있었어. 예전에 몬스터들이 있었던 곳 기억나지? 거기서 몬스터를 조종하던 마족이 만지고 있었던 돌."

그리고 그 돌에 이규혁이 손을 대었었지. 그 이후에 몸에 변화가 왔었고.

"그럼 그 돌에 손을 대서 몸이 변한 이후로 이규혁에게 몬스터가 달라붙는다던가 이규혁이 몬스터를 조종할 수 있다던가 뭐 그렇게 되었다는 거에요?"

"아마도?"

그럼 이규혁을 죽여야 이 사태가 끝이 난다는 걸까?

"어차피 이규혁의 말대로 빙하속에 있는 아블이라는 녀석을 잡지 않으면 사태는 해결되지 않을 거야. 지구로 가는 길이 한 번 열린이상 막을 수는 없으니까. 근본적인 문제를 해결하는 수 밖에."

최수민의 마음을 읽기라도 한 듯 말을 하는 레나의 말에 임동호가 동의한다는 듯이 고개를 끄덕였다.

"일이 어떻게 흘러가든 서벨리 빙하에 있는 아블을 잡는 것 말고는 해결방법이 없네요. 그럼 조만간 연락을 할테니 그 때 보자고."

"왜 지금 안가고 나중에 가려고 하는 거에요? 마침 몸도 덜 풀려서 지금 바로 될 것 같은데."

이규혁과 잠시 검을 부딪힌 후 이제 몸이 조금 달아오르는 것 같았는데.

"그래? 난 벌써 힘이 다 빠져서 말이야. 지금 당장 검을 들고 서있는 것도 힘들어."

실제로 지쳐있기도 했지만 자유 길드와 연락을 통해 던전을 지키고 있을 총군 연합원들을 처리해야 했다.

'비록 던전이 2개밖에 남지 않았다지만 잘 쌓아놓은 최수민의 이미지를 깎아 먹을 필요는 없지.'

김진수의 의도는 알 수 없지만 일단은 같은 배를 탄 입장이니 김진수의 도움을 받을 수 있을만큼은 받을 생각이었다.

"알았어요. 그럼 준비하고 있으면 되죠?"

"그래. 조만간 연락할 테니까 또 이상한 동굴같은 곳에 가서 몇일씩 못 나온다고만 하지 마."

그 말을 남긴채 임동호는 먼저 길을 떠나갔다.

"레나 근데 뭐해요?"

어떻게 들고 왔는지 레나의 손에는 스마트 폰이 쥐어져 있었다.

저걸 어떻게 들고온 거지? 이때까지 아무도 들고온 사람이 없었는데?

"아 이거? 인증샷 남겨놓는 거지. 사람들은 다들 하던걸?"

레나의 폰으로 보이는 광경은 그야말로 그로테스크한 장면이었다.

기괴한 몬스터들의 시체들이 널려있고, 피가 거의 호수를 이룰만큼 흐르고 있었으니까.

"찍어도 쓰지도 못할 걸요? 이런 사진은 올려봤자 삭제된다구요."

"그래? 아쉽네."

최수민의 말에 아쉬워하며 폰을 다시 집어넣는 레나.

"일단 우리도 돌아가요."

지구로 돌아간 후 이틀이 지나자 임동호에게서 연락이 왔다.

"출발하자."

4장. 조슈아

4장. 조슈아

"굳이 안 오셔도 되는데 또 같이 가시려구요?"

어차피 봉인된 마법진안에 들어가는건 레나와 최수민 둘 뿐.

이번에는 임동호만이 아니라 임동호말고도 무력 길드원들이 줄을 서있었다.

"이제는 던전이 2개가 남았잖아. 그만큼 던전을 지키고 있을 총군 연합원들이 많아졌을거라고."

비록 포니아를 지키고 있던 총군 연합원들은 김진수와 자유 길드의 손에 죽었다고 하지만 아직까지 총군 연합은 건재했다.

아니 오히려 총군 연합이 세계의 수뇌부들과 거래를

끝낸 후 옛날보다 더 세력이 커진 상태였다.

'무엇보다 다시 김진수를 만나려면 여길 꼭 왔어야만 했지.'

이번에도 자유 길드가 도와주기로 했지만 그건 최지현 덕분이었다.

임동호는 직접 김진수와 다시 이야기를 해보고 싶었다.

상황이 어떻게 돌아가고 있는 건지.

왜 자신을 도와주고 있는 것인지.

"이쯤되면 총군 연합이랑 이야기로 풀어나갈 수 있지도 않아요? 2개밖에 안 남았는데 왜 이렇게 발악을 하는 거지?"

"2개밖에 안 남았으니까 이렇게 발악을 하는 거지. 너야 평생 써도 못 쓸정도의 돈을 받았으니까 걱정이 없지. 다른 사람들은 이게 생계유지수단이라니까?"

"어차피 이런 식으로 막아봤자 시간끌기밖에 안 될 텐데… 그 시간동안이라도 돈을 더 벌어보겠다는 건가봐요?"

근데 통제한답시고 던전 안에 바글바글 있으면 오히려 그게 더 손해일 것 같긴한데.

"뭐 그 놈들도 생각이 있어서 그런거겠지. 빨리 출발하자."

이야기를 일방적으로 끊은채 출발하려는 임동호.

임동호는 다른 사람들에 비해 다급해보였다.

'시간을 제대로 맞춰서 최수민이 자유 길드원이나 김진수를 보게 하는 일은 없게 해야지.'

미리 던전의 규모를 파악하고 총군 연합원들의 숫자를 예상해서 시나리오를 다 짜놓은 상태였다.

자유 길드원이 나중에 나오는 동선까지 모두 짜두었기에 한 치의 오차도 없이 움직여야하는 상황.

그것을 위해 길드원들까지 데리고 왔다. 혹시나 몬스터들에 둘러싸여 조금이라도 시간이 지체되면 길드원들에게 맡기고 최수민과 레나와 함께 먼저 갈 계획이었다.

'긴장한건가?'

상급 마족을 잡을 생각에 들뜬 최수민과 달리 레나의 눈에는 임동호가 이상해 보였다.

끊임없이 움직이고 있는 눈동자. 그리고 가만히 있지 못하고 계속 고개를 돌리는 행동 등.

'상급 마족은 어차피 나랑 최수민이 잡을 건데 뭐가 걱정되서 저러는 거지?'

레나는 던전 안의 몬스터가 강해서 그런가? 하는 생각을 잠시 하고는 나중에 최수민이 봉인된 마법진 안에 들어가면 임동호를 도와줘야 겠다는 생각을 했다.

포니아에서처럼 임동호가 먼저 들어가서 던전의 상황을 보고 다시 나와서 던전 안으로 최수민과 사람들을 불러들였다.

"조슈아는 다른 던전들과 다르게 5층으로 이루어져있으니까 내려갈 때 좀 고생좀 해야될 거야. 길도 엄청 복잡하거든."

상급 마족이 봉인되어있는 던전답게 조슈아는 다른 던전들보다 훨씬 복잡한 구조로 되어있었다.

던전에 들어가자마자 최수민과 일행들을 반겨주는 것은 총군 연합원들의 널부러져있는 시체들.

그리고 던전에 막 들어온 최수민과 일행들을 향해 다가오고 있는 몬스터들이었다.

"벌써 이렇게나 많은 사람들을 정리한 거에요?"

그렇다고 보기엔 임동호의 검은 너무나 깔끔했다.

애초에 휘두르지도 않았다는 것처럼.

"아니. 내가 처음 들어왔을 때부터 이랬어. 나도 어떻게 된 일인지 모르겠군."

뻔뻔하게 변명을 늘어놓는 임동호.

그리고는 몬스터들을 잡기 위해 검을 양손으로 쥐었다.

"그것보다 5층까지 빨리 가야하니 최대한 빨리 이동하도록 하지."

"그런데 저 놈들은 어떻게 잡아야 하는 거에요?"

최수민의 눈 앞에는 무기들이 둥둥 떠다니고 있었다.

투핸드 소드, 롱 소드, 창, 그리고 거대한 도끼들.

무기를 잡고 있는 몬스터도 없는데 마치 살아있는 것처럼 공중에 떠다니고 있는 무기들.

"리빙 웨폰들이야. 말 그대로 살아서 움직이는 놈들이니까 그냥 저 무기들을 부수면 돼."

말이 쉽지, 무기들은 마나를 머금고 있는 상태였다.

마나를 머금고 있는 만큼 웬만한 공격으로는 상처도 내기 힘들터, 게다가 들고 있는 사람이 없는 만큼 공격할 수 있는 범위도 매우 한정적이다.

그나마 창 같은 경우는 공격할 수 있는 범위가 넓지만 단검같은 경우에는 공격조차 하기 힘들어보였다.

쉬이이익!

단검 하나가 제일 앞에 서있던 최수민을 향해 날아왔다.

'뭐야? 엄청 느려터졌잖아?'

잠시나마 긴장했던게 부끄러워질 정도로 엄청나게 느린 단검의 속도.

단검이 최수민의 가슴을 노리고 다가왔지만 최수민은 단검이 공격범위 안에 들어오자마자 단검을 내리쳤고 단검은 그대로 반으로 갈라졌다.

"별거 아니네요? 엄청 느리네."

별거아니라는 듯 반응을 하는 최수민과 달리 임동호와 레나를 뺀 나머지 무력 길드원들은 놀랐다는 듯 입을 벌리고 있었다.

'어떻게 저걸 저렇게 쳐내는 거지? 마치 움직임을 알고 있었다는 것처럼?'

그들이 당황한 이유는 하나.

리빙 웨폰중 가장 까다로운 단검을 한 번에 처리했기 때문이다.

창이나 롱 소드, 투핸드 소드같은 경우 덩치가 크기 때문에 공격을 적당히 막으면서 빈틈을 노려 반으로 갈라놓곤 했다.

하지만 단검은 다르다.

파리나 모기가 귀찮게 주변을 돌아다니는데 때려잡기 힘든 것처럼 단검이 주변을 돌아다니며 공격을 해와도 잡기가 쉽지 않았다.

그도 그럴것이 누군가가 던진 단검처럼 평범한 움직임이 아니라 말 그대로 리빙 웨폰인만큼 자유자재로 방향전환을 하기 때문이다.

"어떻게 하신 거에요?"

결국 의문을 해결하지 못한 무력 길드원중 하나가 최수민에게 방법을 물어보았다.

"뭘 어떻게 해요? 느리게 다가오는 공격을 그냥 쳐낸 거죠."

"느리게 다가오더라도 살아있는 움직임을 보여주는 녀석인데 어떻게 한 번에 그렇게 쳐낼 수 있었던 거에요?"

"아 그거요? 예전에 상대했던 놈들 중 하나가 이것보다 훨씬 빠른 공격을 해왔었거든요. 그것도 이렇게 살아움직이는 듯한 찌르기 공격으로요."

니발의 찌르기에 비하면 리빙웨폰이 움직이는 것은 정말 하품이 나올정도로 느렸다.

쉬이이익!

휘이이익!

이번엔 여러개의 리빙 웨폰들이 최수민의 일행을 향해 날아왔다.

마나를 머금고 있는 검들은 날카로운 파공성을 내며 최수민의 일행들을 공격하려는 순간

"홀드."

레나가 손을 뻗으며 캐스팅을 마치자 공중에 떠있던 리빙 웨폰들이 모두 움직임을 멈췄다.

"역시 작은 녀석들이라 그런지 멈추기도 쉽네."

리빙 웨폰들은 레나의 마법에 걸린채 공중에서 부들부들 떨기만 할뿐 더 이상 최수민의 일행들을 향해 다가오지 못했다.

"뭐해? 이거 구경만 하고 있을 거야?"

말도 안 되는 마법의 위력에 모두가 넋을 놓고 있자 레나가 사람들을 다그쳤다.

"아… 아뇨. 공격하겠습니다."

그제서야 공격을 하는 사람들.

최수민과는 다르게 몇 번을 내리치자 그제서야 리빙 웨폰을 둘러싸고 있던 마나들이 사라졌고 그 다음에 이어지는 공격으로 리빙 웨폰을 파괴할 수 있었다.

"이 녀석들이 또 나오면 이렇게 멈춰줄 테니까 겁먹지 말고 싸워. 알겠지?"

레나의 말에 무력 길드원들의 표정이 밝아지기 시작했다.

그리고 그와 반대로 임동호의 표정은 점점 굳어지기 시작했고.

'젠장. 이러면 안 되는데? 예상보다 진행속도가 너무 **빨**라진다.'

최수민이 리빙 웨폰을 한 방에 때려잡을 때도 놀랐지만 레나가 리빙 웨폰들의 움직임을 멈췄을 때는 임동호의 심장도 같이 멈춰버리는줄 알았다.

'이대로라면 최수민이 자유 길드원이나 김진수와 마주치게 된다.'

그것만은 피해야했다. 만약 만나게 되는 날엔 상급 마족과 싸우지 않고 자유 길드원들과 싸울 거라는 것은 안봐도 뻔했다.

레나의 마법덕분에 최수민과 일행들은 금방 조슈아 1층을 돌파해 2층에 도착할 수 있었다.

"와 진짜 엄청 편한데요? 이때까지 해본 사냥중에 역대급으로 쉬웠던 것 같아요."

레나 덕분에 몇 배는 빨라진 사냥속도.

빨라지기만한 게 아니라 공격도 받지 않아도 되니 안전하기까지 했다.

"2층에서도 리빙 웨폰만 나왔으면 좋겠어요."

"그건 안 돼."

너무 **빠른** 속도로 1층을 돌파해 2층에 도착해 당황한 나머지 임동호의 본심이 입 밖으로 튀어나와버렸다.

"왜요?"

"아. 아니야 다른 생각을 하다가 그만."

헛기침을 하며 말을 돌리는 임동호.

하지만 그는 알고 있었다. 조슈아 2층까지는 리빙 웨폰들이 등장한다는 것을.

'젠장. 뭔가 방법을 찾지 않으면 5층까지 고속철도를 타고 가는 거나 마찬가지다.'

아무도 모르는 임동호의 고민이 계속 되는 사이 최수민과 일행들은 2층을 넘어 3층, 4층에 도착했고 벌써 5층을 향하는 계단이 눈 앞에 보이고 있었다.

"우와. 그 무튜브에 올라온 동영상보고 편집빨이라고 생각했는데 오히려 동영상이 현실을 거의 반영하지 못했네요."

"그러니까 나도 그 동영상보고는 나도 저정도는 하겠다라고 생각했는데 내 착각이었나봐."

임동호의 마음을 아는지 모르는지 무력 길드원들은 5층에 내려가기 전에 최수민과 레나에 대한 감탄사를 연발하고 있었다.

"그래. 내가 알고 있던 것보다 훨씬 더 강해진 것 같은데?

임동호도 칭찬 릴레이에 자연스럽게 동참했다. 1초라도 더 시간을 끌어야했다.

'지금 계획보다 1시간은 더 일찍 왔다. 최악의 상황은 자유 길드원들과 총군 연합이 싸우고 있는 모습을 최수민이 보는 거다. 최소한 총군 연합 정도는 정리된 상태여야 해.'

콩고물이라도 얻어먹으려고 아부를 하는 사람들처럼 임동호는 필사적으로 최수민과 레나를 칭찬하기 시작했다.

"네. 그럼 이제 5층으로 내려가볼까요?

그런 임동호의 노력을 무산시키는 최수민의 한 마디.

"어. 내려가보자."

급격히 냉각되는 분위기에 맞춰서 굳어가는 임동호의 얼굴.

"근데 너 얼굴이 왜 그래? 아까 들어오기전부터 계속 불안한 얼굴인데?"

굳어가는 임동호의 얼굴을 바라보던 레나가 말을 꺼내었다.

들어오기전부터 불안해보이더니 별거 아닌 것 가지고 계속 칭찬을 하질 않나, 이제는 얼굴이 굳기까지.

'분명 무슨 일이 있는 게 분명해.'

하지만 레나의 물음에도 아무런 대답을 하지 않는 임동호.

대신 무언가 결심한 듯 굳은 얼굴이 아닌 비장한 표정을 짓고 있었다.

"아니에요. 내려가죠."

임동호의 말이 끝나자 최수민을 비롯한 무력 길드원들이 5층으로 가는 계단을 걸어내려가기 시작했다.

그리고 임동호가 계단을 내려가려고 하자 레나가 임동호의 어깨를 붙잡았다.

"자 이제 우리 둘만 남았으니까 솔직하게 말해봐."

"무슨 이야기를 해요? 아무것도 없어요. 밑에서 기다릴 텐데 내려갑시다."

대답을 회피하며 내려가려고 하는 임동호의 어깨를 더 강하게 붙잡은 레나.

"너희 모두가 살아온 날을 합쳐도 내가 이때까지 살아온 날의 반도 안 돼. 그런데 그런 표정을 보여주고 나한테 믿으라는 건 아니겠지?"

자신을 뚫어져라 쳐다보고 있는 레나의 눈빛을 보자 진실을 말해야 될 것 같다는 생각에 임동호는 결국 자신이 알고 있던 사실을 털어놓았다.

"뭐야? 그런 걸 왜 혼자 고민하고 있었어? 나한테 말도 안 해주고?"

"아무래도 최수민과 항상 함께 다니니까 말을 해줄 수가 없었죠."

다행히 레나는 자유 길드 이야기가 나왔어도 최수민처럼 분노하거나 하는 행동은 하지 않았다.

"그럼 내가 최수민을 자유 길드 녀석들과 마주치지 않게 멀리 돌아서 갈테니 너는 빨리 자유 길드 녀석들을 찾아서 여길 빠져나가."

"네. 알았어요."

이야기가 잘 풀렸다는 생각에 표정이 풀린채 내려가려는 임동호의 뒤에서 레나의 목소리가 들려왔다.

"아무일도 없던 것처럼 넘어가는 건 최수민이 김진수를 제외한 다른 사람들을 죽이는 것을 원하지 않아서야. 앞으로 이런 일이 있으면 우리를 속일 생각하지 말고 무조건 말해. 그렇지 않으면 앞으로 협조하는 일이 없을 테니까."

"알겠습니다. 앞으로 이런 일이 없도록 하죠."

그렇게 말하고 내려간 임동호와 레나의 눈 앞에 펼쳐지고 있는 장면은 최수민이 몬스터가 아닌 사람을 공격하고 있는 모습이었다.

◇

4층에서 5층으로 내려오는 계단이 끝나는 순간 최수민과 무력 길드원들을 반기는 것은 사람들의 비명소리였다.

"으악!"

"누구냐! 우리 총군 연합을 건드리고 무사할…."

짧고 긴 비명들이 던전 5층을 울렸고 가끔씩 무기들이 부딪히는 소리가 나기도 했다.

하지만 그 소리가 멎을 때쯤이면 사람들의 비명소리가 다시 흘러나오기 시작했다.

"무슨 소리지?"

몬스터들이 분명 사람과 사람이 싸우는 소리였다.

'1층에서 4층까지 오는동안 사람들의 시체가 있긴 했었는데 사람들을 죽인 놈들이 여기 있는 건가?'

최수민의 의문은 금방 해결되었다.

멀리서 들리던 싸우는 소리가 점점 가까워지기 시작하더니 최수민의 눈 앞으로 많은 사람들이 지나가기 시작했다.

'뭐야? 이 상황은?'

공포영화의 한 장면처럼 미친 듯이 도망치고 있는 사람들.

그 사람들을 빨간 눈의 세 사람이 쫓아가고 있었다.

공포영화와 다른 점이라면 쫓기고 있는 10명의 사람들의 손에도 무기가 쥐어져있었다는 점.

그들의 몸에 크고 작은 상처들이 있는걸로 보아서 단순히 도망가는 것이 아니라 싸우다가 실력부족으로 인해 도망가고 있는 듯 했다.

"거기 서라! 총군 연합 이름이 부끄럽지도 않냐?"

그 와중에 세 명의 빨간눈들 중 하나가 자신의 검을 던졌다.

정확하게 총군 연합원들 중 하나의 등을 노리고 날아가는 검.

까앙.

그 검을 최수민이 쳐내어 바닥으로 떨어뜨렸다.

"누구냐?"

그러자 검을 던진 사람이 최수민을 보며 소리쳤다. 그리고는 최수민을 알아본 듯 세 사람은 서로 시선을 교환했다.

"자유 길드인가?"

최수민은 대답 대신 세 사람에게 질문을 던졌다.

마족이 아니고서야 눈이 빨간 녀석이라면 99%의 확률로 자유 길드원이 확실하다.

이규혁이라는 예외도 있으니 100%는 아니고.

'이거 마족 잡으러 왔다가 자유 길드놈들까지 잡고. 오늘은 운수가 좋은데?'

한편 세 사람은 최수민의 말에 대답을 하지 않은채 서로 대화를 나누고 있었다.

"어떻게 할까? 파란 머리는 조심하라고 했잖아? 우리 실력으로는 상대가 안된다고."

"저 총군 연합놈들은 어떻게 하고?"

"어쩔 수 없지. 총군 연합놈들을 잡으려면 파란 머리를 상대해야 할 것 같으니까. 이만 돌아가자."

세 사람은 빠르게 대화를 끝낸 후 원래 있던 곳으로 돌아가기 위해 방향을 틀었다.

"헉!"

세 사람은 방향을 틀자마자 눈 앞에 나타난 최수민을 보고 깜짝 놀랐다.

분명 등 뒤에 있었어야 할 최수민이 어떻게 여기에?

아무리 빠르게 움직인다고 해도 잠시 등을 돌리는 사이에 눈 앞으로 이동한다는 것은 있을 수 없는 일이었다.

"어디 가는 거냐? 말이 없 는걸 보니 자유 길드원들이 확실한 것 같군."

원래 범죄자들이 죄를 인정할 때 저렇게 말이 없곤 하지.

최수민의 질문에 말 없이 검을 꺼내드는 세 사람.

도망칠 수 없다면 결국 싸우는 방법밖에 없었다.

"우리가 자유 길드원이고 아니고가 중요한가?"

"나한테는 중요하지."

"만약 우리가 자유 길드원이 맞다면?"

"김진수를 데리고 오던지, 아니면 여기서 죽던지."

뭐 자유 길드원들이 더 있어도 임동호와 무력 길드원도 있고 레나가 있으니 꼭 눈앞에 있는 자유 길드원들을 죽이지 않아도 될 것 같았다.

"우리가 그렇게 한가해 보이나?"

"술래잡기 하고있는 거 보니 엄청 한가해 보이던데?"

"아무것도 모르는 놈이…."

가운데 서 있던 호리호리한 체형의 남자가 최수민을 향해 검을 휘둘렀다.

'이 정도면 평범한 사람의 검술인가?'

최수민은 몰랐지만 지금 눈 앞에 있는 남자는 총군 연합원들의 통제를 풀기 위해 파견된 자유 길드원들중에서도 정예에 속하는 사람.

레벨도 590레벨쯤되는 남자의 검이었지만 데스나이트들의 검만 주구장창 보아온 최수민에게는 피하라고 휘두른 검처럼 느껴졌다.

이런 검을 못 피하면 휘두른 사람에 대한 예의가 아니지.

느리게 들어오는 검을 자연스럽게 한 발자국 뒤로 물러서며 피한 후.

푸욱!

니발에게서 배운 찌르기를 사용해서 남자의 오른쪽 어깨를 찔렀다.

찌르기 이거 은근히 쓸 일이 많은데?

"이 자식! 조용히 가려고 해도 건드리다니!"

아니, 그래도 먼저 공격한건 그쪽인데….

한 명을 전투 불능 상태로 만들자 나머지 두 사람이 최수민의 목과 가슴을 노리고 검을 내질렀다.

까앙!

신기한 각도로 검을 틀어쥐며 한 번에 두 사람의 공격을 막아낸 후.

서걱!

오른쪽에 서있던 남자의 가슴팍을 길게 베어내었다.

"히익."

옆에 있던 사람들이 각자 한 번의 공격에 전투 불능이 되는 모습을 본 마지막 사람이 다시 검을 휘둘렀지만 그 공격마저 허공을 갈라놓았다.

푸욱!

그리고 허공을 가른 공격의 대가는 남자의 복부에 최수민이 검이 박히는 것으로 끝났다.

"이쯤되면 김진수를 불러와야겠다는 생각이 들지 않나? 너희들은 죽을 때가 되면 다들 어디론가 불려가던데?"

항상 자유 길드 사람들과 싸우다보면 자유 길드원들은 어디로 불려가곤 했다. 아마 추측컨대 김진수에게 가거나 자유 길드 어딘가로 가는 거겠지.

"불러온다고? 하하. 여기에 있을 텐데 잘 찾아봐라 한 번."

남자의 말에 최수민은 남자의 멱살을 잡아올렸다.

"김진수가 여기있다고?"

"그래. 잘 찾아보면 있을 거다."

가슴이 두근거리기 시작했다.

상급 마족뿐만 아니라 자유 길드원이 있다고 생각했는데 자유 길드원이 아니라 김진수라니.

'이제 나도 레벨도 많이 올렸고, 실력도 예전과 비교하면 엄청나게 늘었지. 김진수도 상대할 수 있다.'

물론 아직까지 부딪혀보지 않았지만 감이라는 게 있다.

데스나이트 4마리를 처리하며 이제는 어떤 사람이라도 상대할 수 있을 것 같다는 자신감.

"최수민!"

두근거리는 가슴을 채 만끽하기도 전에 등 뒤에서 자신의 이름을 부르는 것이 들렸다.

"레나. 늦었네요? 뭐하느라 이렇게 늦게 내려왔어요?"

"아. 잠시 할 이야기가 있어서."

레나가 바라본 최수민은 유난히 신이 나있었다.

마치 크리스마스 아침 어떤 선물이 도착했는지 궁금해하는 아이처럼.

"아. 기쁜 소식이 있어요. 여기 상급 마족만 있는 게 아니라 김진수도 있대요."

최수민의 말에 임동호의 얼굴이 굳어지기 시작했다. 더불어 레나의 얼굴도.

"김진수가? 그 놈이 여기 무슨 일이지? 일단 봉인된 마법진부터 처리하자."

자연스럽게 말을 돌리려고 하는 임동호.

그러나 최수민은 그런 임동호를 의아하게 쳐다보고 있었다.

"무슨 소리에요? 봉인된 마법진은 어디 가질 않지만 김진수는 다른 곳으로 이동할 수도 있잖아요. 당연히 김진수부터 잡아야죠."

일이 점점 꼬이기 시작했다.

'제기랄. 어떻게 김진수가 여기있다는 것을 알게 된 거지? 게다가 김진수랑 만나게 되면 어떻게 해야하는 거야?'

당연히 최수민의 편을 들어줘야 하겠지만 아직까지 마지막 던전이 하나 남아있는 상태였다.

물론 마지막이기 때문에 총군 연합이 지키고 있어도 그냥 무력 길드, 지혜 길드를 비롯한 여러 길드원들이 직접 던전을 공격해도 된다.

'하지만 그렇게 되면 봉인이 풀리게 되는 상급 마족을 상대할 사람이 없어진다.'

총군 연합을 더 설득해서 해결할 수도 있는 문제이지만 그것도 쉽지않다.

아직까지는 자유 길드에 기대어야 하는 상황.

"최수민 니가 생각하는 것처럼 상급 마족은 쉬운 상대가 아니야."

사정을 알고 있는 레나가 임동호를 대신해서 말을 꺼냈다.

"아까도 말했다시피 저 봉인된 마법진은 여기 그대로 있을 거에요. 김진수는 사라질 수도 있으니까 김진수부터 상대하겠다는데 뭐가 잘못 된거에요?"

딱히 최수민의 말에 반박할 수가 없었다.

최수민이 김진수에게 어떤 일을 당했는지를 알기에.

"그럼 김진수는 이길 수 있다고 생각하고 있는 거야?"

"그건 붙어봐야 아는 거겠죠."

데스나이트 4마리와도 싸워서 이겼는데 설마. 물론 한 마리씩 따로따로 상대하긴 했지만.

"그럼 한 번 해봐. 괜히 나중에 후회남기지 말고."

레나의 말에 임동호가 당황하기 시작했다.

"아니. 그래도 혹시나 김진수에게 다시 당하기라도 하면…."

"어차피 우리가 있는데 뭐가 걱정이야? 위험할 것 같으면

141

도와주면 돼. 아니면 처음부터 우리가 도와줘도 되고."

물론 최수민의 성격상 처음부터 도움을 바라진 않을 것
이다. 임동호도 처음부터 도와줄 수 없는 입장이기도 하고.

"그래. 김진수를 찾으러 가자."

김진수는 없어도 무력 길드와 지혜 길드로 대체할 수 있
지만 최수민은 대체할 수가 없다.

'이왕이면 최수민이 김진수에게 지길 바래야겠군.'

그렇게 세 사람과 무력 길드원들은 봉인된 마법진과 김
진수를 찾기 위해 걸음을 옮겼다.

"네놈들 목적이 뭐냐? 왜 우리 총군 연합을 공격하는 거
지?"

한 손에는 거대한 사각 방패, 그리고 다른 한 손에는 짧
은 단창을 들고 있는 남자 주위로 20명이 넘는 사람들이
봉인된 마법진을 지키고 있었다.

그 중 일부는 지팡이를 들고 있었고, 일부는 거대한 검을
들고 있기도 했다.

그들의 맞은 편에는 빨간 눈을 하고 있는 8명의 사람들
이 있었다.

"왜 이러는 거냐고? 그건 내가 물어보고 싶은 건데? 왜
이 마법진을 지키려고 하는 거지?"

8명의 사람들 중 하나인 김진수가 입을 열었다.

"잘 알고 있을 텐데? 이 마법진들이 사라지면 우리 능력 자들은 모두 힘을 잃게 된다고!"

"그걸 없애지 않으면 어떻게 되는지는 모르고?"

"뭐 어떻게 되겠지. 론디움이 평생 영원할 거라곤 생각한 적이 없으니까! 그 전에 돈이나 많이 벌어두면 장땡이지."

김진수는 이들의 생각에 고개를 저었다.

"멍청한 놈들. 이런 놈들이 연합을 만들다니."

"그러는 너희야 말로 능력자들을 죽이며 이름을 알려놓고는 누굴보고 뭐라고 하는 거냐! 지금도 우리를 그렇게 공격하고 있으면서!"

"하긴. 내가 남들 뭐라고 할 처지는 아니었지."

말을 마친 김진수는 온 몸에 마나를 둘러 씌우기 시작했다.

칠흑같은 암흑마나가 김진수의 몸을 뒤덮자 김진수는 바로 거대한 사각 방패를 들고있는 남자를 향해 몸을 날렸다.

콰앙!

사람이 아니라 거대한 코끼리가 달려와서 박은 듯한 둔탁한 소리.

김진수의 주먹이 부딪히자 남자가 들고 있던 사각 방패는 파도를 맞이한 모래성처럼 산산조각이 되어 흩어져버렸다.

"아니! 어떻게 이 방패를…."

퍼억!

김진수의 주먹이 남자의 심장부에 박히자 남자는 더 이상 말을 이어가지 못한채 서있는 자세 그대로 숨을 멎었다.

"히익. 공격해!"

방패를 들고 있던 사람 주위에 있던 사람들이 하나같이 공격을 하기 위해 검을 휘둘렀다.

마법진이 어떻게 작동하는지 몰랐기에 마법진을 둘러싼 채로 그 자리에서 휘둘렀기에 그들의 공격중에 임동호에게 닿는 공격은 하나도 없었다.

"그 마법진이 어떻게 발동하는지도 모르면서 지킨답시고 그러고 있다니."

화르르륵!

피식하며 총군 연합원들을 한 번 비웃은 후 다시 공격을 하려는 김진수의 옆에서 거대한 불덩어리가 날아왔다.

휘익.

간단하게 손을 옆으로 저으며 불꽃을 날려버리는 김진수.

그리고 옆을 쳐다보자 익숙한 얼굴들이 눈 앞에 나타나기 시작했다.

'임동호? 분명 약속된 시간은 멀었는데 왜 벌써 도착한 거지?'

아직 약속 시간은 1시간이 넘게 남아있었다.

게다가 임동호 혼자서 나타난게 아니라 최수민과 레나를 비롯한 무력 길드원들도 함께 있었다.

그리고 보아하니 마법을 날린 건 최수민인 모양.

"이 개자식. 내가 이 날만을 손꼽아 기다려왔다."

최수민이 검을 뽑아들고 김진수를 향해 성큼성큼 다가가기 시작했다.

처음 만났을 때는 몸이 굳어 움직이기조차 힘들었는데 이제는 검을 뽑아 들고 다가갈 정도로 많이 성장한 최수민.

단지 검을 뽑아든 것이 아니라 김진수를 죽일 생각으로 걸어 가고 있는 최수민에게서 비장한 각오가 느껴졌다.

"이왕 기다린 것 조금 더 기다리지. 너무 급했던 것 같군."

그런 최수민을 향해 다가오는 김진수.

김진수도 다가오는 싸움을 피할 생각이 전혀 없어 보였다.

"분명 그 때 죽었던 것 같은데."

"그게 어떤 기분인지 이제 니가 느낄 차례다."

최수민이 내지른 공격이 공기뿐만 아니라 공간 자체를 갈라버릴 기세로 김진수를 향해 날아갔다.

5장. 앨런

5장: 앨런

파직!

검은 마나를 잔뜩 머금고 있는 김진수의 주먹과 최수민의 푸른 마나를 머금은 검이 부딪히자 두 개의 마나가 폭발하는 소리를 내었다.

'이 자식 언제 이렇게 강해진 거야?'

지나가던 소문들로 최수민이 강해졌다는 것을 들어왔지만 실제로 최수민의 검을 막아보니 상상 그 이상이었다.

'소문은 과장되기 마련이라고 생각했는데 소문이 현실의 반의 반도 반영못한 것 같은데?'

한 번의 공격을 막아낸 김진수는 평소에 잘 쓰지 않던 검을 꺼내들었다.

실력차이가 많이 나면 충분히 맨손으로도 검을 쓰는 상대를 제압할 수 있지만 지금 최수민은 맨손으로 상대할 수 없는 상대였다.

"이제야 조금 제대로 싸울 생각이 든 건가?"

예전엔 검을 꺼내들게 하지도 못했었다.

김진수가 검을 꺼내들었다는 것은 지금 자신을 인정했다는 의미와 같았기 때문에 문득 이때까지 했던 고생에 대한 보상을 받는 것 같았다.

감만 그런 것이 아니라 김진수를 상대하기 위해 처음 공격을 했을 때 넬의 의지가 발동했다.

김진수의 레벨이 정확히 몇인지는 모르지만 이제 넬의 의지가 발동할 정도로 레벨을 따라잡았으니 그만큼 열심히 레벨업을 했다는 말.

무엇보다 즐거웠던 것은 데스나이트 이후 진짜 싸움을 하는 듯한 느낌이 들었다.

그래, 이거지. 약한 놈들을 괴롭히는 것보다는 역시 제대로 싸울 수 있는 사람과 싸워야지.

검을 꺼내든 김진수를 향해 다시 한번 찌르기 공격을 시도하는 최수민.

김진수의 가슴을 노리는 것처럼 매섭게 날아가던 검끝이 순식간에 방향을 바꿔 김진수의 오른쪽 허벅지를 향해 날아갔다.

까앙.

가슴쪽으로 날아오던 검이 다리를 향해 날아갔지만 순식간에 최수민의 움직임을 따라가서 최수민의 공격을 막아낸 김진수.

 잠깐 긴장했었는지 공격을 막은 후에 안도의 한숨을 내쉬기도 했다.

 '내 공격이 통하는 건가?'

 김진수가 검을 뽑아내게하는 것에 이어 김진수가 안도의 한숨까지 쉬게 만들었다.

 스스로가 대견하게 느껴지며 다음 번 공격을 준비하던 최수민에게 갑자기 김진수의 공격이 벼락처럼 날아왔다.

 정말 눈 앞에 한 줄기 벼락이 치는 것처럼 김진수의 검에 맺힌 검은 마나는 스파크를 만들어내고 있었다.

 빠직빠직거리는 소리와 공기를 가르는 소리가 동시에 최수민의 귓가에 울리며 김진수의 공격이 최수민의 가슴팍을 길게 베어내었다.

 서걱하는 소리와 함께 넬의 의지에 길게 자상이 생기며 그 곳에 맺힌 암흑 마나가 폭발했다.

 암흑 마나가 폭발하며 생긴 연기가 두 사람의 시야를 가리는 순간 김진수의 검이 최수민의 다리를 향해 날아갔다.

 푸욱.

 김진수의 검이 최수민의 다리를 찔렀고 최수민의 검은 김진수의 옆구리를 스치고 지나갔다.

 "어때? 최수민이 이길 수 있을 것 같아?"

두 사람의 싸움을 멀리서 구경하고 있던 레나가 먼저 임동호에게 질문을 건네었다.

최수민이 일방적으로 밀리는 것 같지는 않았지만 김진수라는 벽을 넘기에는 아직 부족해보였다.

"만약 최수민이 무언가 숨기고 있다면 모르겠지만 지금으로 봐서는 최수민이 이길 수 있을 가능성이 전혀 없어보이는데요?"

"그렇지? 근데 최수민이 아직까지 마법을 사용하면서 싸우고 있지 않아서. 마법도 사용하면서 싸우면 혹시나 어떻게 될지 모르겠네."

김진수처럼 엄청나게 빠르고 강한 공격을 해오는 상대에게 강력한 마법을 사용하며 싸울 순 없지만 타이밍을 빼앗을 수는 있다.

최수민이 데스나이트와 싸우면서 마법을 사용하면서 싸우는 연습을 하지 않았기에 당장 실전에서 위력을 발휘할 수 있을지는 미지수였지만.

몇 번의 공방이 오간 끝에 김진수와 단순 칼질로는 이길 수 없다는 생각에 최수민이 마법을 활용하기 시작했다.

"아이스 스피어."

김진수가 공격해오려고 할 때 생긴 날카로운 얼음 창이 김진수의 어깨를 향해 날아가자 김진수는 반사적으로 허리를 돌려 마법을 피해냈다.

푸욱.

그러자 최수민의 검이 김진수의 반대쪽 어깨를 스쳐지나 갔다.

'마법을 활용하면서 싸우는 건 오랜만인데 생각보다 괜찮은데?'

김진수를 만난 이후로 찌르기 위주로 공격을 하던 최수민이 검을 똑바로 세워들었다.

'이 정도로 찌르는 공격을 보여줬으니 이제는 안 통하겠지?'

이제 김진수의 눈에 찌르기 공격이 눈에 익었을 거라고 판단한 최수민은 김진수를 향해 검을 휘둘렀다.

공기가 갈라지는 소리와 함께 검이 지나가는 곳에는 파란빛 마나의 흔적만이 남았다.

순식간에 5번이 넘는 공격을 시도했지만 김진수는 그 공격을 가만히 서서 맞아주지는 않았다.

쳐낼 수 있는 공격은 쳐내고 피할 수 있는 공격은 철저히 피해낸 후 김진수도 반격을 해왔다.

"많이 늘었지만 아직까지 멀었다."

김진수의 공격을 막아내기 위해 고도의 집중을 해야하는 최수민이었지만 김진수는 나름 여유가 있는지 말까지 하며 검을 휘둘렀다.

'제기랄. 아직까지도 못 이길 상대인가.'

데스나이트 4마리를 잡으며 이제 충분히 강해졌다고 자부했다.

그냥 데스나이트도 아니고 소드 마스터인 데스나이트들이었으니까.

비록 짧은 시간이었지만 효율적으로 보냈다고 자신하고 있었는데, 눈 앞에 있는 괴물은 이길 수 없을 것 같았다.

'보자. 내가 아직까지 사용하지 않은 게… 블링크랑 황제의 호위 기사 소환, 그리고 엘을 소환하는 건가.'

지금 당장 활용할 수 있는 것은 블링크.

소환을 할 바에야 차라리 레나나 임동호에게 도움을 요청해야지.

어떤 것을 활용할 수 있는지 잠시 생각하는 동안에도 김진수의 공격은 쉬지 않고 최수민을 향해 날아왔다.

김진수의 검이 최수민의 가슴이 있는 곳을 향해 날아오는 순간

'이때다.'

최수민이 순식간에 사라지며 김진수의 검은 허공을 갈랐고 김진수의 등 뒤에서 나타난 최수민이 김진수의 등을 길게 베어냈다.

그러나 최수민이 사라지는 것을 보고 순간적으로 검을 든 채로 뒤를 돌아본 김진수의 검에 최수민의 검이 막혀버렸다.

'젠장. 이 것도 안통해?'

우연히 막은 것이긴 했지만 그것을 알 리가 없는 최수민은 조금 더 조급해지기 시작했다.

'어라 이건?'

갑자기 최수민의 몸이 빛으로 둘러싸이기 시작했다.

무슨 일인가 싶어 발밑을 보자 그 곳엔 봉인된 마법진이
있었다.

"젠장! 안 돼!"

짧은 비명과 함께 다시 검을 휘두르던 최수민의 몸은 마
법진 속으로 이동해버렸다.

"뭐야? 이거 어떻게 된 거야?"

"분명 저기 앞에 있었는데 어떻게 여길 들어온 거지?"

"그리고 지금은 또 어디로 사라진 거야?"

당황하고 있는 것은 김진수가 아니라 김진수와 최수민의
싸움을 구경하며 봉인된 마법진을 지키고 있던 총군 연합
원들이었다.

'이상한 잔재주가 하나 더 있었군.'

순간적으로 몸을 돌려 공격을 막긴했지만 방금 최수민의
공격은 심장이 철렁할정도로 위험했다.

"휴. 이제 너희 차례다."

최수민이 사라지자 이제 김진수의 타겟은 다시 봉인된
마법진을 지키고 있는 총군 연합원들로 바뀌었다.

◇

[티어린 제국 초대 황제의 강한 기운중 일부가 몸 속에

스며 듭니다. 드래곤 하트가 97%까지 완성되었습니다.]

[봉인된 지역에 있는 티어린 제국 초대 황제의 강한 기운으로 상급 마족의 능력이 5%만큼 낮아집니다.]

이것 말고도 평소 봉인된 지역에 들어오면 뜨는 여러 가지 메시지들이 최수민의 눈 앞을 가렸지만 최수민의 머릿속엔 다른 생각이 머물고 있었다.

젠장.

봉인된 마법진에 들어온 이후 이렇게 기분이 더러운 건 처음이다.

왜 하필 눈 앞에 김진수가 있는데 이런 일이 일어난 거지?

김진수와의 싸움에 심취해서 김진수 바로 뒤에 봉인된 마법진이 있다는 걸 눈치채지 못한 것도 있지만 하필이면 김진수가 거기 서있었다니.

설마 일부러 그 곳에 서서 싸운 걸까?

자유 길드가 총군 연합이 통제하는 곳에 와서 총군 연합과 싸우는 것부터 시작해서 이상한게 하나둘이 아니었다.

'일단 여기서 나올 상급 마족부터 처리를 하고 생각하자.'

김진수와의 싸움으로 조금 지치긴 했지만 이건 금방 회복될테니 걱정할 건 없었다.

다만 상급 마족이라는 존재가 처음이고, 상급 마족에 대한 주의를 많이 받아왔기 때문에 마음 한곳에서 약간 걱정이 되는 것은 어쩔 수 없었다.

여느 봉인된 지역과 비슷한 풍경.

상급 마족이라고 봉인에 특별한 것은 없는 것 같았다.

큰 공터의 중간엔 사람 형상을 하고 있는 조각상 같은 것이 있었고, 저건 곧 깨지면서 움직이겠지.

체력도 회복할겸 봉인된 마족을 쳐다보니 상급 마족에게는 하급 마족과 중급 마족 모두가 가지고 있었던 거대한 뿔이 없었다.

이건 좀 아쉽네, 혹시나 상급 마족의 뿔이 있었다면 아이템으로 만들거나 물약으로 한 번 만들어봤을 텐데.

요리보고 조리봐도 특별해 보이는 것은 없었다. 오히려 다른 마족들에 비해서 왜소해 보이는 덩치를 보니 이놈이 그렇게 강한가? 하는 생각이 들 정도.

빠직.

드디어 상급 마족을 봉인하고 있던 조각이 깨지기 시작했다.

그리고 최수민은 평소처럼 봉인된 마족의 봉인이 모두 풀리기 전에 공격을 하기 위해 검에 마나를 잔뜩 불어넣고 도약했다.

콰앙!

둔탁한 소리가 봉인된 지역을 울림과 동시에 상급 마족의 봉인이 한 번에 풀렸다.

"제기랄! 내 서열이 어마어마하게 떨어졌겠군!"

봉인에서 풀리자마자 알 수 없는 소리를 하는 상급 마족.

그의 목소리는 아직 변성기를 겪지 않은 아이 같은 목소리였다.

'싸울 생각이 없나? 그럼 빨리 처리하고 나가야지.'

목소리가 아이 같다고, 생긴게 사람같이 생겼다고 해서 녀석이 마족이라는 것은 변하지 않는다.

최수민은 아무런 망설임도 없이 그 녀석의 목을 향해 검을 크게 휘둘렀다.

휘이익.

매서운 공기를 가르는 소리.

그것이 전부였다.

'뭐야? 이동하는 건 못 봤는데?'

분명 눈 앞에 있는 것을 보고 검을 휘둘렀다.

내 눈으로 못 따라 갈 정도로 빠른 녀석이란 말인가?

심지어 방금 김진수를 상대하고 왔는데도 불구하고 녀석이 움직이는 것을 보지도 못했다.

"여긴 뭐하는 곳이지? 나갈 수 없는 장소군."

상급 마족의 목소리가 들려온 곳은 최수민의 등 뒤였다.

상급 마족은 봉인된 지역의 벽이 있는 곳에 손을 대고 있었다.

"이봐. 여기서 어떻게 하면 나갈 수 있는 거지? 내가 기분이 안좋긴 한데, 여기서 나가는 방법을 알려주면 살려줄게."

미소를 지으며 최수민에게 말을 건네는 상급 마족.

그 녀석에게선 아무런 위화감도 느껴지지 않았다. 전혀 공격할 의도가 없다는 듯이 살기도 느껴지지 않았고, 무슨 생각을 하고있는지조차 알 수 없었다.

'뭐하는 놈이야? 진짜 어린애인가?'

녀석은 최수민의 대답을 기다리며 여전히 미소를 짓고 있었다.

"여기서 나가는 방법? 간단하지. 내 손에 죽으면 돼."

최수민의 말이 끝나자 상급 마족의 표정이 순식간에 찌그러지기 시작했다.

"건방진 놈. 내가 널 죽이고 나가는 방법을 찾아내겠다."

"할 수 있다면 해보시던지."

어떻게 한건지는 몰라도 몇 번 공격을 해보다보면 아까의 움직임을 파악할 수 있을거라는 생각에 최수민은 이번엔 상급 마족을 향해 찌르기 공격을 시도했다.

휘이익.

공격이 실패하더라도 이번엔 어떻게 된 일인지 확인하기 위해 집중하며 공격을 했건만 또 다시 사라져버렸다.

'실체가 사라진다?'

이번에도 공격이 실패할 거라는 것을 예상하긴 했지만 전혀 생각지도 못한 방식으로 실패를 했다.

공격이 닿으려는 순간 눈 앞에 있던 상급 마족은 마치 환영이었던 것처럼 사라져버렸다.

'주위에서 아무런 기운도 느껴지지 않는데?'

분명 본인 입으로 여길 벗어날 수 없다고 했으니 봉인된 지역 안에 있어야 할 녀석의 기운이 전혀 느껴지지 않았다.

그 때 등 뒤에서 강력한 살기가 느껴졌다.

살기에 반응해서 몸을 트는 순간.

푸욱.

상급 마족의 손에 쥐어져있던 검이 최수민의 어깨를 파고들었다.

[상급 마족 앨런의 공격으로 인해 왼쪽 어깨의 움직임이 20초간 50% 둔해집니다.]

"어? 어떻게 알았지?"

당황한듯한 표정의 상급 마족.

그 말을 남긴채 다시 최수민의 시야밖으로 사라졌다.

'제길. 중급 마족이랑 비교도 안 되게 강하다는 게 이런 식으로 비교도 안 된다는 거였어?'

◇

"이… 이 자식! 너도 힘을 잃으면 결국 평범한 일반인이 될 텐데 왜 이렇게 우리를 공격하는 거냐!"

많고 많은 총군 연합원들 중 마지막으로 봉인된 마법진을 지키고 있던 남자가 외쳤다.

들고 있던 거대한 방패는 이미 가루가 된지 오래였고 주변엔 동료들의 시체들이 뒹굴고 있었다.

오래 걸리지도 않았다.

김진수의 공격 한 방 한 방이 날아올 때마다 한 사람씩 쓰러져 갔으니.

"무슨 소리를 하는 거야? 그건 너희 같은 놈들의 생각이다."

"니… 니가 일반인이 되면 분명 누군가 널 죽일 거다! 론 디움에서 그렇게 많은 사람들을 죽여 놓고 편하게 살 수 있을거라는 생각은 하지 마라!"

김진수를 절대 이길 수 없다는 절망에 빠진 남자는 두 다리를 떨면서 김진수를 향해 소리쳤다.

"걱정도 상대를 봐가면서 해야지."

퍼억.

김진수의 주먹이 남자의 심장을 가격하자 순식간에 남자의 초점이 사라지더니 서있는 자세 그대로 숨을 멎었다.

"가자."

김진수는 마지막까지 남아 있던 총군 연합원을 처리한 후 자유 길드원들에게 말했다.

"가긴 어딜가? 지금 기다리고 있는 거 안보여?"

김진수가 일을 끝낼 때까지 가만히 서서 기다리고 있던 임동호가 김진수를 향해 소리쳤다.

아무것도 모르는 무력 길드원들은 자유 길드원과 싸움이

나는 것이 아닌지 완전히 긴장한 상태로 각자의 무기를 쥐고 있었다.

그것도 그럴 것이 자유 길드원들이 갑자기 사라지고 빨간 눈이 되기 전까지만해도 자유 길드와 싸워왔었으니 긴장할 수 밖에 없었다.

무력 길드원 사이에서는 전쟁터같은 긴장감이 맴돌았지만 김진수와 자유 길드원들은 임동호와 무력 길드원을 전혀 쳐다보지도 않았다.

"이봐. 계속 무시할 속셈이야?"

보다 못한 레나가 말을 꺼내었다. 지금 당장 최수민을 따라 봉인된 마법진을 들어가야 할 것 같았지만 김진수에 대한 이야기를 듣는 것도 중요하다고 생각해서 아직까지 들어가지 않고 있었다.

"어차피 다음 번에 만나면 모든 게 해결 될 거다."

"다음 번? 마지막 봉인된 지역을 말하는 거냐?"

"우연히 마주치지 않는 이상 아마 거기가 되겠지."

"우리를 도와주는 이유가 뭐지? 아니 그것보다 너의 목적이 뭐지?"

목적이 있고, 그 목적을 이루기 위한 방향이 자신과 같기 때문에 도와주는 것이 분명하다.

지구에 가게 될 몬스터의 위치를 알려준 것도, 그리고 총군 연합원들을 처리해서 쉽게 봉인된 마법진에 접근하게 해준 것도.

하지만 김진수의 목적에 대해서는 아무 것도 알지 못했다.

"목적? 궁금하면 마지막 봉인된 마법진을 처리할 때 최수민과 함께 그곳으로 와라."

그 말을 마친채 김진수와 자유 길드원들은 모두 검은 빛에 둘러싸이더니 순식간에 사라져버렸다.

"기분 나쁜 놈이네. 자기 할 말만 하고 사라지다니."

"최수민을 도와주러 가셔야 하지 않나요?"

"뭐. 내가 가봤자 혼자서 싸운다고 할게 뻔하긴 하지만. 일단은 가봐야겠지."

레나는 말을 마친채 봉인된 마법진 안으로 들어갔다.

'대체 저 안에서 무슨 일이 일어나는 걸까? 혹시 두 사람이 당하진 않겠지?'

봉인된 마법진 안에서 무슨 일이 벌어지고 있는지 궁금했지만 들어갈 수 없기에 임동호는 그저 밖에서 끝나는 것을 기다리기만 해야했다.

◇

푸욱.

다시 한 번 앨런의 검이 최수민의 팔을 베고 지나갔다.

[상급 마족 앨런의 공격으로 인해 오른쪽 팔의 움직임이 12초간 60% 둔해집니다.]

"어떻게 피하는 거지? 내가 보이는 건 아닌 것 같은데?"

보이진 않는다. 다만 공격하는 순간 그 것이 느껴질 뿐. 앨런을 볼 수 있는 순간은 단지 공격 후에 말을 하려고 나타날때뿐.

"더럽게 약한 놈이 잔재주만 부리기는."

"어떻게든 이기기만 하면 돼. 살아남은 게 강하다는 말 못 들어봤어?"

도발을 해서 한 번 제대로 정면 승부를 해보려고 했지만 녀석은 이런 말을 많이 들어왔는지 미동도 하지 않았다.

하. 이걸 어떻게 상대해야 한다?

마치 공기와 싸우는 느낌이다.

검은 허공을 가르면 주변에서 아무것도 느껴지지 않았다.

단지 최수민이 할 수 있는 것이라곤 살기가 느껴질 때 몸을 비틀며 치명상을 피하는 것 단 하나밖에 없었다.

'대체 어디 있다가 나타나는 거야?'

두 눈을 감고 주변에 마나를 잘 살펴보아도 봉인된 지역의 마나말고 따로 느껴지는 것은 없었다.

휘이익.

눈을 감고 있는 최수민에게 다시 한번 살기가 느껴지며 검이 휘둘러지는 소리가 들리자 이번엔 피하지 않고 바로 그 곳을 향해 검을 휘둘렀다.

'어차피 난 회복력이 있으니 서로 공격을 허용하면 내가 이긴다.'

푸욱.

최수민의 검이 앨런의 팔을 찔렀고 앨런의 검은 최수민의 복부를 찔렀다.

"뭐야? 대체 어떻게 알아차린 거지?"

팔에 피를 흘리며 최수민과 멀리 떨어진 곳에서 앨런이 다시 모습을 드러냈다.

넌 대체 어떻게 그렇게 사라지는 건데?

유일한 대처 방법으로 찾은 것이 그나마 살기가 느껴질 때 그곳으로 반응을 하는 것.

그나마 공격을 성공시키기 위해서는 몸에 상처를 입는 것을 감수하고 공격해야 했다.

"어차피 평생 그런식으로 공격해봤자 날 못죽여. 차라리 지금 정정당당하게 싸우는 게 어때?"

치명상만 피하면 트롤의 재생력으로 상처는 회복될 것이다.

물론 공격을 당할 때 마다 마비 효과가 있긴 하지만 오른쪽 팔만 피하면 되고, 게다가 앨런의 체력도 한계가 있을거고.

"그거야 해보면 알겠지. 너처럼 말하는 녀석도 있었지만 결국 이때까지 살아남은건 나다."

한 두 번 겪어본 일이 아니라는 듯이 태연하게 말을 하며 다시 모습을 숨기는 앨런.

몇 번을 봐왔지만 앨런이 어떻게 모습을 숨기는지 아직

까지 알 수 없었다.

마치 연기처럼 사라지는 녀석.

다시 앨런이 나타날 때까지 집중을 하고 기다려야 했다.

'저러고 있으면 제풀에 지쳐서 쓰러지겠지.'

앨런은 모습을 숨긴 채 최수민의 모습을 바라만 보고 있었다.

최수민같은 상대가 처음은 아니었다. 자신이 모습을 드러내는 순간을 포착하여 벼락같은 공격을 해오는 녀석들.

그러나 그런 녀석들도 이겨왔다.

'어차피 평생 집중할 수 있는 것이 아니니 집중력이 흐트러지는 순간 내 손에 죽는다.'

온 정신을 자신의 공격에 대비해 집중하고 있어야 하는 최수민과는 달리 앨런은 아주 편안하게 최수민을 지켜보고 있었다.

5분, 10분 시간은 흘러갔지만 아직까지 최수민의 집중력은 최고조에 달해있었다.

'어라? 저 인간은 조금 오래 가는데? 뭐 그래봐야 얼마나 오래가겠어?'

느긋하게 있으면 되겠다고 생각하던 그 때 누군가가

봉인된 지역안으로 들어왔다.

그리고 그 누군가를 향해 최수민이 벼락같이 검을 휘둘렀다.

◇

"아. 깜짝이야. 왜 이렇게 늦게 들어온 거에요?"

봉인된 지역에서 다른 마나가 생성되는게 느껴지자 최수민은 반사적으로 검을 휘두르다가 빨간 머리를 확인하고 급하게 레나의 목 앞에서 검을 멈춰세웠다.

"그것보다 이거부터 좀 치워."

레나가 최수민의 검 끝에 손을 올리며 검을 밀어내며 주위를 둘러보았다.

깔끔한 봉인된 지역.

과연 마족이 있었나? 싶을 정도로 싸움의 흔적조차 보이지 않았다.

"벌써 끝난 거야?"

최수민이 강해진건 알고 있었지만 상급 마족을 이렇게 순식간에 처리할정도였나?

조금 놀라는 듯한 표정의 레나에게 최수민은 찬물을 부었다.

"아뇨. 아직 멀었어요."

어깨를 으쓱거리며 레나를 쳐다보는 최수민.

"무슨 소리야? 상급 마족은 보이지도 않는데?"

"조심하세요!"

갑자기 레나의 뒤에서 앨런의 검이 나타나더니 레나의 등을 찌르려고 했다.

레나를 급하게 밀치며 최수민이 그 곳에 검을 찔러넣자 앨런의 팔에 다시 상처가 하나 생겼고, 그대로 앨런은 다시 모습을 숨겼다.

"뭐야? 갑자기."

"방금 뒤에서 상급 마족이 나타났었어요."

"그래? 이 녀석 까다로운 타입이네. 마나화하는 녀석이 라니."

"마나화라구요?"

"응. 가끔 마족중에 있는 녀석들인데 엄청 귀찮은 녀석들이야. 공기중에 떠다니는 마나와 동화되서 마나로 변하는 놈들인데 예전에 마족과 싸울 때 마나화하는 녀석들에게 많은 사람들이 죽었었어."

다행이다. 이제 앨런의 마법 같은 일을 알아냈으니 잡을 수 있겠군.

"그럼 이 녀석들 어떻게 상대하는 거에요?"

"두 가지 방법이 있어. 하나는 이 녀석들이 공격을 하기 위해 마나가 된 상태에서 실체화를 할 때를 노려서 공격하는 것과 두 번째 방법은 마법진을 만들어서 이 녀석의 마나화를 막는 거지."

두 가지 방법 모두 평범한 사람에게는 쉬운 방법이 아니었다.

만약 상급 마족이 공격을 해오지 않는다면 실체화를 하는 순간을 노릴 수가 없다.

그렇다고 마법진을 아무나 만들 수 있는 것도 아니니 평범한 사람이었다면 할 수 없는 방법. 그나마 다행인 것은 레나와 최수민은 마법진을 만들 수 있다는 것이다.

"여기가 봉인된 지역이니 마법진을 크게 그릴필요도 없겠네. 도망가지도 못할 테고."

"그럼 지금 바로 시작하죠. 뭐 다 그리기 전에 알아서 튀어나오면 더 좋고."

레나가 마법진을 그리기 시작하자 앨런은 그것을 막기 위해 계속 공격을 해왔다. 최수민은 그 공격을 해올 때마다 앨런의 공격을 막으며 앨런에게 반격했고 결국 레나의 마법진이 완성되었다.

"우리의 약점을 알고 있는 녀석이라니. 평범한 인간이 아니구나."

드디어 앨런은 최수민이 원하는대로 제대로 싸울 생각이 들었는지 검을 뽑아들고 검에 암흑 마나를 씌우기 시작했다.

"드디어 모습을 드러내셨군. 어디 한 번 상급 마족의 실력을 좀 볼까?"

레나에게 들은대로라면 앨런은 암살자 스타일의 마족.

'모습을 드러냈으니 금방 끝내주마.'

최수민이 앨런을 향해 도약하며 검을 휘둘렀다.

앨런의 오른쪽 어깨를 시작으로 대각선 방향으로 길게 베어나가려고 했던 공격.

"마나 번!"

그러나 갑자기 앨런의 눈이 빛나더니 최수민의 몸이 잠시 마비되었다.

[마나 번의 영향으로 일시적으로 마나가 사라지며 2초간 움직일 수 없습니다. 30초후에 마나를 재사용할 수 있습니다.]

스르르륵.

그리고 최수민의 몸과 검을 감싸고 있던 푸른 빛의 마나가 순간적으로 증발해버렸다.

마치 병든 닭이 된 것처럼 온 몸의 기운이 빠져나갔다. 방금 꿈에서 깬 것같은 나른함이 찾아왔다.

휘이이익.

그런 최수민의 목을 향해 앨런의 검이 날아왔다.

'젠장. 뭐야? 30초동안 무방비 상태로 있어야 되는 건가?'

순간적으로 마나가 증발해버린 이후 다시 싸우기 위해 마나를 끌어올려보았지만 몸에선 아무런 반응이 없었다.

마나로 몸을 보호하고 있지 못하고 있는 상황에서 암흑 마나로 뒤덮혀있는 앨런의 검이 박히게 되면 치명상을 피할 수가 없는 상황.

"헬 파이어!"

그 때 레나가 앨런을 향해 거대한 불꽃을 날려 앨런의 움직임을 막은 후 최수민의 옆으로 다가왔다.

최수민의 몸을 감싸고 있던 마나가 순식간에 다 사라져서 걱정했지만 다행스럽게 최수민의 몸에는 문제가 없어보였다.

"괜찮아?"

"네. 지금은 괜찮긴해요."

이런 기술이 있으면서 이때까지 쓰지 않았던 것은 시전 시간이 오래 걸리거나, 이걸 쓰기 위한 제약 사항이 있거나.

그 생각을 하며 다시 본 앨런은 유난히 지쳐보였다. 거칠게 숨을 몰아쉬고 있었고 최수민이 마나를 쓰지 못하는 것을 알면서도 다음 공격을 해오지 않았다.

'지금이 기회다.'

휘이이익.

마나를 전혀 맺혀있지 않은 검. 그 검이 앨런의 가슴을 향해 날아갔다.

까앙.

거칠게 숨을 몰아쉬면서도 최수민의 공격을 막아내는 앨런.

'그래도 상급 마족이다 이건가?'

앨런과 최수민이 검을 맞대는 소리가 봉인된 지역을 울리기 시작했고, 점점 마나가 회복되고 있는 최수민의 검에 조금씩 푸른 빛이 다시 맺히기 시작했다.

최수민이 마나를 회복하고 거세게 몰아치자 앨런의 자세가 조금씩 무너지기 시작했다.

그나마 상급 마족의 엄청난 신체덕분에 최수민의 공격을 막아내기는 해왔지만 애초에 암살자처럼 숨어서 공격을 해오던 녀석이었기 때문에 최수민의 검술과 상성이 맞지 않았다.

푸욱.

최수민의 검이 앨런의 가슴중앙에 박혔고,

서걱.

그대로 몸을 돌려 회전하며 검을 휘둘러 앨런의 목을 내리쳤다.

[티어린 황제의 강한 기운이 몸 속에 스며듭니다. 드래곤 하트가 완벽하게 완성되었습니다.]

[티어린 황제의 강한 기운이 몸 속에 스며 들어 황제의 위엄효과가 적용됩니다.]

[티어린 황제의 기운을 찾아라 퀘스트 완료까지 1회 남았습니다.]

6장. 무서운 소문

6장. 무서운 소문

평소에 몸에 흐르던 기운과 다른 기운이 흐르는 듯한 느낌.

거의 완성된 드래곤 하트였지만 거의 완성된 것과 정말 완성된 것이 다르다는 듯 심장이 쿵쾅쿵쾅뛰고 있었다.

만약 심장이 있는 곳에 청진기를 가져다 댄다면 의사의 귀가 먹어버릴정도로 활발하게 뛰는 심장.

그리고 최수민의 몸을 은은하게 감싸고 있던 푸른 색 마나는 어느새 색깔을 점점 잃어가더니 푸른빛에서 흰색으로 바뀌어 가기 시작했다.

"어라? 너 마나가 조금 이상한데? 왜 너한테서 여해의 기운이 점점 더 크게 느껴지는 거야?"

그 모습을 보고 있던 레나가 말을 꺼내었다.

"그러게 말이에요. 왜 그러는 걸까요?"

드래곤 하트가 완성되었으면 멜로스의 마나가 느껴져야 하는 게 아닐까?

생각해보니 몸 속에 드래곤의 피는 얼마 흐르지도 않았고 실제로 몸을 구성했던 것은 이순신의 마나였으니 드래곤 하트가 완성되어서 몸 속에 이순신의 마나가 더 많이 흐르는 게 당연한 것 같기도 했다.

그리고 황제의 위엄이라는 못 보던 것이 생겼기에 그것을 확인하기 위해 스킬창을 열어보았다.

[황제의 위엄 : 티어린 제국의 초대 황제의 기운이 온 몸에 만연했다. 온 몸에서 황제로서의 위엄을 풍기고 있어 티어린 제국의 사람들이 아니더라도 만나는 사람들이 대하는 태도가 달라진다. 황제의 위엄은 같이 싸우는 사람에게 큰 힘이 되어주며, 적대하는 세력에게는 커다란 위압감으로 다가간다.

황제의 위엄을 가진 사람과 싸우는 아군의 모든 능력치가 20%상승합니다. 황제의 위엄을 가진 사람에게 적대하는 상대 능력치가 20%만큼 감소합니다.]

오, 이거 엄청난데? 드래곤 피어나 강화 카리스마 스텟이랑 중복되는 걸까?

그리고 제국의 사람이 아니라도 나를 대해주는 태도가 달라지다니. 한 번 다른 사람을 만나봐야겠군.

아마 레나가 평소와 다른 기운이 느껴진다고 말한게 바로 이거때문인 것 같은데.

두 사람의 몸이 빛에 둘러 싸인채 봉인된 지역밖으로 이동되었다. 이제 남은 봉인된 지역은 하나.

◇

"상급 마족을 만난 소감은 어때요?"

최수민과 레나가 봉인된 마법진 밖으로 나오자 느닷없이 임동호가 존댓말로 질문을 해왔다.

"뭐 특이한 능력을 가지고 있긴 했는데 생각만큼 힘들지는 않았어요. 그런데 왜 존댓말이에요?"

"뭐? 내가 존댓말을 했었다고?"

자신이 존댓말을 했었다는 것을 잊어버린 임동호. 그러나 최수민에게서 계속 이상한 기운이 느껴지고 있었다.

마치 평소에 가까이 하지 못할 고귀한 사람을 만난 듯한 기분. 군대에 있을 때 사단장을 만났다면 이런 기분이었을까?

"아니에요. 신경쓰지 마세요. 근데 김진수는 어디로 갔어요?"

임동호가 제대로 대답을 해주지는 않았지만 황제의 위엄이 어떤 효과를 가지고 있는지는 대충 알 수 있을 것 같았다.

주변을 살펴보았지만 김진수는커녕 자유 길드원들이 아무도 보이지 않았다.

젠장. 좋은 기회였는데!

"사라졌어. 마지막 봉인된 마법진을 해제할 때 보자고 하더군."

"그래요? 그 마지막 봉인된 마법진에는 언제 갈 거에요?"

최수민의 물음에 임동호는 잠시 고민에 빠지는 듯 하더니 오히려 최수민에게 질문을 던져왔다.

"마지막으로 한 번 확인하자. 이제 마지막 봉인된 지역을 해제하고 서벨리 빙하에 갇혀있는 마족과 싸우게 된 후에는 우리 모두가 힘을 잃을 거야. 물론 너나 나나 능력을 잃게 되어도 충분히 살아갈 수 있을만큼 재정적인 부분은 해결된 상태지만. 평범한 사람의 몸으로 돌아가게 되어도 괜찮겠어?"

총군 연합원들같은 경우 금전적인 문제 때문에 론디움을 지키려고 하고 능력자로서의 삶을 유지하려고 한다.

하지만 최수민과 임동호는 그런 부분에 전혀 신경쓸 일이 없었다. 단지 궁금한건 지금 능력자로서의 삶과 다른 삶을 과연 살아갈 수 있을까?

평범한 사람과 전혀 다른 몸.

100미터를 달려도 3초도 걸리지 않고 영화에서처럼 건물을 뛰어다닐 수도 있다. 심지어 마법을 쓰는 최수민의 경우는 현대 과학기술이 없어도 잘 살아갈 수 있다.

없이 살땐 몰라도 한 번 그런 경험을 해본 사람이 상실감이 크다는 말이 있다.

과연 그 상실감을 극복할 수 있을까? 최수민이 비록 마족을 잡아야 한다는 말을 했지만 그 상실감은 생각해봤는지 마지막으로 질문을 던졌다.

"어차피 해야 하는 일이잖아요? 게다가 평범한 사람이 되는 게 죽는 것 보다는 낫지 않겠어요?"

"그래. 그 마음가짐을 마지막으로 한 번 확인해보고 싶었어. 방금 총군 연합 사람들을 보고나니 확인해볼 필요가 있었거든. 마지막 봉인된 마법진을 해제하는 것은 일단 지구로 돌아가서 다른 사람들과 충분한 이야기를 나눈 후에 하도록 해야지. 특히 총군 연합과 문제를 해결한 후에. 만약 안된다면 그 때는 정말 총군 연합과 전쟁을 하는 한이 있더라도 봉인된 마법진을 힘으로 해결한다."

이제는 정말 마지막. 총군 연합은 모든 힘을 총동원해서 봉인된 마법진을 지키려고 할 것이고 그러면 일이 몇 배로 더 힘들어질 것이다.

"그래요. 일단 그럼 돌아가죠."

◇

집에 돌아와 침대에 앉아 벽에 등을 기대고 앉아 있는 최수민.

그리고 최수민의 무릎에 기대어 누워 스마트폰을 만지고 있는 레나.

최수민의 드래곤 하트가 완성되며 최수민의 몸에 여해의 기운이 점점 더 많이 돌아다니기 시작하자 레나가 최수민을 대하는 태도가 조금씩 바뀌어가고 있었다.

목소리가 조금 더 부드러워졌고 최수민을 바라보는 눈빛도 바뀌었다.

'어떻게 하면 더 강해질 수 있을까? 레벨업? 검술 연습? 마법과 검을 한 번에 사용하는 연습이 부족했나? 아니면 경험의 차이?'

최수민은 바뀐 레나의 태도에는 신경쓰지 않고 김진수와의 싸움을 복기하고 있었다.

분명 옛날과 비교도 안될 정도로 강해졌다. 김진수와 검을 맞대기도 했고 순간적으로 김진수의 간담이 서늘해지게 하는 공격을 날리기도 했다. 물론 최수민은 몰랐지만.

임동호의 말대로라면 마지막 봉인된 마법진이 있는 곳에서 다시 김진수를 만날 것이다. 그 때는 정말 김진수를 해치워야 한다. 언제 그런 기회가 다시 찾아올까?

힘을 모두 잃고 평범한 사람이 되면 복수를 하고 싶어도 할 수 없게될지도 모른다. 그 생각이 최수민을 더 조급하게 만들었다.

"레나. 제가 김진수와 싸울 때 많이 부족했어요? 왜 제가 못 이겼을까요? 소드 마스터 급의 데스나이트도 다 이겼는데?"

레나라면 그 이유를 알까?

"아니. 전혀 부족하지 않았는데. 하나 말해주자면 너무 마음이 급해보였다고 해야하나? 평소랑 다르게 너무 동작도 크고 공격 패턴이 단순했던 것 같은데?"

그랬던가? 김진수에게 드디어 복수를 할 수 있다는 생각으로 너무 단순해졌던 것 같기도 하다.

생각해보면 김진수를 상대로 큰 상처를 입지도 않았고 심지어 김진수에게 공격을 성공하기도 했다.

다시 생각해보니 김진수를 꼭 죽여야한다는 생각으로 마음의 여유가 없이 검을 막 휘두른 것 같기도 했다.

아마 그 공격들은 김진수에게 너무나 정직한 공격으로 보였을지도 모르고.

"그리고 아마 마음속에 김진수를 상대한 다음에 상급 마족도 상대해야 한다는 압박감도 은근히 가지고 있었던 걸지도 모르지."

요약하자면 마음이 평온하지 못한 상태에서 싸웠기 때문.

어디서나 마음의 평화로워야 한다는데 다음에 싸우기 전에는 명상이라도 하고 가야하나?

토벌자의 목걸이로 얻을 수 있는 스텟은 이미 다 얻은 상태였고 레벨도 이제는 좀처럼 쉽게 오르지 않는다.

조금이라도 더 강해질 방법을 생각하던 최수민의 머릿속에 하나의 생각이 스쳐지나갔다.

　'로랜드 데몬의 뿔이 잔뜩 있었구나!'

　힘만 무식하게 강했던 로랜드 데몬이지만 그것을 활용하면 조금이나마 더 강해질 수 있을 것 같았다.

　"레나. 잠시 론디움에 다녀올게요."

　"다녀오긴 어딜 다녀와. 같이 가야지."

　스마트폰을 만지면서도 최수민이 간다고 하면 항상 따라간다고 나서는 레나.

　항상 지켜보기만 하는 레나가 가끔은 안쓰럽기도 해서 이번엔 혼자 다녀오려고 했지만 말 없이 준비를 하는 레나.

　"그런데 항상 왜 따라다니려고 하는 거예요? 정작 가면 저 혼자 몬스터를 잡는데 심심하지도 않아요?"

　"널 지켜주려고."

　아무리 최수민이 강해졌어도 레나에게는 걱정이 가득했다. 그도 그럴 것이 데스나이트와 싸울때만 해도 항상 상처가 가득한 상태로 레나에게 돌아왔고, 김진수와의 싸움에서도 심각하게 밀리진 않았지만 도움이 필요할수도 있었다.

　물가에 아이를 내놓은 엄마의 마음이 이런 것일까?

　"알았어요. 같이 가요."

　걱정이 눈에 서려있는 레나의 표정을 보니 편하게 쉬고 있으라는 이야기도 하기가 쉽지 않았다.

최수민과 레나는 집으로 돌아오자마자 다시 론디움으로 떠나갔다.

◇

오랜만에 도착한 트리어 마을에는 언제나처럼 경비병이 마을을 지키고 있었다.

'저 경비병도 원래는 능력자였다는 말이지? 론디움이 없어지면 능력자들이 힘을 잃지만 저 사람은 다시 살아돌아온다는 말이군.'

지금은 자신이 사람이었다는 자각을 잃어버린채 NPC의 역할을 충실히 이행하고 있는 경비병.

그는 언제나처럼 지나가는 사람을 검문검색하고 있었다.

"아. 그 때 오우거의 시체를 어마어마하게 끌고 가셨던 분이군요. 어서오세요."

NPC가 기억을 해줄정도로 트리어에 있는 오우거의 씨를 말렸던 것이 엊그제같은데 이제는 오우거정도는 손가락 하나로도 쉽게 처리할 수 있을만큼 성장한 상태였다.

"네. 수고하십니다."

경비병에게 간단하게 인사를 건넨 후에 곧장 트리어 신전을 향해 걸어갔다.

대리석으로 이루어진 신전은 언제나처럼 먼지하나 없이 빛나고 있었고, 안내를 따라 물약을 만들어주던 신관에게 걸어갔다.

"그 때 그 뿔들로 물약을 만들어 마시다니. 입맛이 참 독특하네."

로랜드 데몬의 뿔들로 물약을 만든다고 하자 처음에는 기겁하던 레나는 최수민의 취향을 존중하는 방향으로 말을 바꾸었다.

평범한 사람들도 몸에 좋다고 하면 사슴의 뿔이나 곰의 쓸개도 빼먹는다는 것을 말해주면 과연 어떤 반응을 보일까?

"한 번 드셔보실래요? 뭐 효과가 있으려나?"

반은 농담, 반은 진담.

과연 잡종능력자의 직업 특성을 가지고 있는 최수민과 달리 다른 사람이 먹으면 어떤 효과를 보여줄까?

최수민의 물음에 레나는 정색하며 고개를 저었다.

"절대 안 먹을 거야. 절대."

"아마 즐겨 마시던 마나 물약도 이렇게 만들었을지도 모르는데…."

"우웩. 괜히 먹었잖아. 왜 이제 말해줘."

헛구역질 하는 듯한 동작을 취하며 이때까지 마셨던 마나 물약의 수를 계산 해보는 레나.

적어도 수백, 아니 천개가 넘는 마나 물약을 마셨던 지난날을 회상하는 레나의 얼굴에 당혹감이 서렸다.

"어서오세요. 정말 오랜만에 들려주셨군요. 이번에도 오우거를 사냥하고 오신 건가요?"

이런 저런 이야기를 나누던 레나와 최수민의 앞에 백발이 무성한 신관이 나타났다.

"아니요. 이번엔 색다른 물품입니다."

최수민이 로랜드 데몬의 뿔을 꺼내어 보여주자 신관은 중급 마족의 뿔을 보았을 때처럼 난처하다는 표정을 지었다.

"이번에는 마족의 뿔은 아닌 것 같네요. 물약을 만드려고 하시는 거겠죠?"

"네. 맞아요. 이것도 가능한 거겠죠?"

"언제나 새로운 시도는 즐거운 법이죠."

신관은 새로운 장난감을 발견한 어린아이처럼 즐거워하며 최수민에게서 로랜드 데몬의 뿔을 받아갔다.

"아. 그리고 들리는 소문인데 말입니다. 조만간 론디움에 드래곤이 나타날 것이라고 하더군요."

드래곤? 눈 앞에 지금 드래곤이 있어요. 그것도 둘이나요.

"드래곤? 어떤 드래곤이요?"

신관의 말에 최수민 대신 레나가 대답했다. 자신과 멜로스말고 또 다른 드래곤이 있었단 말인가? 분명 느끼지 못했는데.

"아마 론디움에 큰 재앙이 될 드래곤일 겁니다."

신관의 말에 레나와 최수민은 서로의 얼굴을 바라보았다.

혹시 우리 둘?

◇

　가벼운 마음으로 물약이나 만들어보려고 왔던 트리어의 신전에서 들은 충격적인 소식.

　특히 레나의 경우 더 놀랄 수 밖에 없었다.

　드래곤이라고는 레나밖에 접해본적이 없는 최수민은 드래곤의 무서움을 잘모르지만 레나는 드래곤의 무서움에 대해서 잘 알고 있었다.

　"그럼 그 드래곤은 어디서 나타나고 언제 나타난다는 거에요?"

　심각한 표정으로 신관에게 물어보는 레나. 그러자 신관은 더 이상은 모른다는 듯이 손을 내저었다.

　"저는 단지 재앙이 될 드래곤이 나타날 것이라는 말만 들었지 자세한 것은 모릅니다. 아마 그 드래곤은 론디움이 아닌 다른 곳의 재앙이 될지도 모른다고 했어요."

　론디움이 아닌 다른 곳이라. 신관이 돌려말하긴 했지만 그 장소는 바로 지구일터.

　"만약 지구에 나타난다면 정말 큰일인데? 이때까지 나타났던 몬스터와 비교도 안 될 정도로 위험한 상황이야."

　재앙이 될 수도 있는 드래곤이 지구에 레나가 사용했었던 미티어 스트라이크라도 사용하는 날엔?

　최수민의 등에도 식은땀이 한 방울 흘러내렸다.

　고층 건물들은 마치 모래성처럼 쓰러질테고 자동차들이

다니던 도로에는 거대한 크레이터들이 생기고. 그야말로 전 지구적인 재앙이 될 것이다.

"설마 여러 마리는 아니겠죠?"

"아닙니다. 언제 어디서인지는 모르지만 한 마리라는 것은 확실합니다."

그나마 안도의 한숨을, 아니 안도의 한숨을 내쉴 때가 아니지. 임동호가 있었으면 뭐라고 했을까? 당장이라도 알리러 가야겠다는 생각이 들때쯤 신관이 물약을 만드는데 2시간 정도 걸리니 기다리라는 말을 남긴채 떠나갔다.

"혹시 마계라는 곳에 드래곤도 사는 거에요?"

"아니. 마계에 드래곤은 없는데. 대체 어떻게 된 일이지? 드래곤이라니."

드래곤에 대한 지식이 전혀 없는 최수민.

그리고 드래곤에 대해 잘 알고 있는 레나가 2시간동안 이야기를 나누어 보았지만 아무런 해답도 나오지 않았다.

단 하나 결론이 나온것이라면 만약 드래곤이 나오게 되면, 그리고 그 드래곤이 호의적이지 않은 드래곤이라면 최대한 빨리 처리를 해야 한다는 것.

그렇지 않으면 정말 신관의 말대로 대재앙이 일어날 것이라는 것 정도.

"다 되었습니다. 이번에도 새로운 경험을 시켜주셔서 감사합니다."

결과물인 로랜드 데몬의 뿔로 만들 물약을 들고 뿌듯한 표정으로 걸어나오는 신관.

분명 많은 양의 뿔을 건네주었지만 신관은 2개의 물약만 들고 나타났다.

설마 이거 몇 개 빼돌린 건 아니겠지?

"뿔에 마나가 엄청나게 압축되어있어서 물약도 엄청난 마나가 압축되어 있을 겁니다. 양이 적다고 의심하지 마시길."

최수민의 생각을 읽기라도 한 듯 신관이 먼저 설명을 해주었다. 뭐 마셔보고 효과만 있으면 장땡이지.

물약을 받자마자 바로 마시기 시작하는 최수민.

물약이 목을 타고 넘어가자 최수민의 근육들이 꿈틀거리기 시작했다. 살아움직이는 것처럼 근육들이 파르르 떨리더니 조금씩 굵어졌고, 조금 굵어지는가 싶더니 다시 근육이 원래의 모양으로 줄어들기 시작했다.

[로랜드 데몬의 뿔로 만든 물약을 섭취하여 힘 스텟이 20% 증가합니다. 근육의 변형으로 인해 민첩 스텟이 추가로 10%만큼 증가합니다.]

이럴수가. 분명 힘만 무식하게 넘치던 로랜드 데몬이었는데 민첩 스텟도 증가하다니!

재앙이 될 수 있는 드래곤에 대한 정보도 얻고 생각보다 좋은 효과의 물약을 마신 최수민의 입가에 미소가 자연스럽게 번져나갔다.

"맛있어?"

"몸에 좋으니 맛있네요."

몸에 좋은 약은 입에 쓰다지만 너무 몸에 좋다보니 맛을 느끼지도 못한채 2병을 그 자리에서 다 마셔버렸다.

"감사합니다. 다음에 또 이런 것이 생기게 되면 부탁드릴게요."

"무슨 말씀을요. 저에게 이런 새로운 경험을 할 기회를 주신 것에 제가 감사를 드려야죠. 그리고 제가 말한 드래곤에 대해서 절대 잊지 마시길."

네. 잊지 않고 정보를 전달하기 위해 떠나갑니다.

2시간에 걸친 트리어 나들이를 뒤로 하고 최수민은 레나와 함께 임동호를 만나기 위해 다시 서울로 떠나갔다.

'과연 저들이 가혹한 운명을 감당할 수 있을까?'

신관은 떠나가는 두 사람의 뒷 모습을 바라보며 한 숨을 쉬었다.

드래곤의 정체를 알고 있었지만 차마 두 사람에게 드래곤의 정체에 대해서는 말하지 못했다.

다만 두 사람이 잘 해결하길 바랄뿐.

◇

집으로 다시 돌아온 최수민의 폰에는 임동호의 이름으로 부재중 전화가 열 개도 넘게 와있었다.

'잠깐 사이에 또 무슨 일이 터진 건가?'

아무리 급해도 이렇게까지 많은 부재중 전화를 남겨놓은 일은 없었는데.

최수민은 바로 전화기를 들고 임동호에게 전화를 걸었다.

"또 론디움에 다녀온 거냐? 바쁘구만."

"무슨 일이에요? 부재중 전화를 이렇게나 많이 남겨두고. 안그래도 저도 할 말이 있긴 했는데."

"그래? 그럼 여기로 와. 나도 급하게 할 말이 있으니까."

부재중 전화를 엄청 남겨놓은 사람치고 꽤 차분한 목소리. 대체 무슨 일일까?

"갈까? 임동호에게 가면 되는 거지?"

"어떻게 알았어요?"

전화를 하는 모습을 보고는 레나는 바로 출발할 준비를 마쳤다.

"너랑 전화하는 사람은 그 녀석밖에 없잖아."

사실이지만 너무 슬프게 정곡을 찌르는 레나.

"뭐 가끔 아닐 때도 있어요."

예를 들면 스팸전화라던가.

"한 번도 못 봤는데? 뭐 일단 출발하자."

레나와 함께 무력 길드 건물은 여러번 가봤기에 레나의 텔레포트로 순식간에 임동호의 앞에 도착할 수 있었다.

"깜짝이야. 전화를 끊자마자 나타나다니."

"급한 일인 것 같아서 바로 왔어요. 무슨 일이에요?"

"나도 들은지 얼마 안된 소식인데 지금 론디움 내에 소문이 퍼지고 있어."

소문? 혹시 신관이 전해준 그 소문은 아니겠지? 아니 그게 그나마 좋겠다. 드래곤 말고도 또 다른 새로운 소식이면 머리가 아플 것 같으니까.

"혹시 제가 아는 그 소문은 아니겠죠?"

"잠시 론디움에 다녀오더니 뭔가 좀 들었나봐?"

"엄청난 소문을 듣긴했죠. 그나마 같은 소문이면 좋겠는데 말이죠."

"이미 알고 있는 것 같군. 내가 들은 것도 엄청난 소문인데 말이야. 론디움에 드래곤이 나타난다고 하더군. 그것도 아주 포악한 녀석으로 말이야."

임동호도 드래곤의 강함에 대해서는 잘 알고 있었다. 론디움에서 드래곤을 사냥해본적도 실제 드래곤을 본 적도 없었지만 최수민의 옆에서 레나가 미티어 스트라이크를 쓰는 것을 봤으니까.

"안 그래도 저희가 들은 소문이 그거에요. 어떻게 하는게 좋을까요?"

이제는 임동호만큼 강해진 최수민이었지만 아직까지 임동호처럼 상황 판단에 대한 능력은 기르지 못했다.

"물론 평소같았으면 론디움에서 드래곤이 나오는 걸

기다렸겠지만 지금은 그렇게 상황이 좋지 않아. 그 녀석이 지구에 느닷없이 튀어나올 수도 있으니까."

그건 최수민도 했던 생각이기에 고개를 끄덕였다.

"그 때 시간을 들여서 한국에 마법진을 설치해놓아서 다행이야. 그나마 한국에서 나타나면 수월하게 대처를 할 수 있으니까. 어차피 이렇게 된 거 론디움에 가지 말고 여기서 방송 좀 출연해라."

"네? 왠 느닷없이 방송이에요? 맥락없게."

"총군 연합 관련해서 이야기를 나누는데 아무래도 사람들의 여론이 아직까지 총군 연합쪽으로 쏠려있어서 말이야. 내가 백날 말하는 것보다 니가 말하는 게 훨씬 효과가 좋을 것 같거든. 이거 한번 봐."

임동호는 동영상 하나를 재생해서 최수민과 레나에게 보여주었다.

그 동영상에서는 한 백인 남자가 전 세계의 언론들을 상대로 말을 하고 있었다. 남자의 뒤에는 한국을 뺀 전 세계의 수장들이 자리를 잡고 앉아있었다.

[여러분도 잘 아시다시피 론디움과 지구는 지금 위기에 처해있습니다. 지구에는 계속 몬스터들이 등장하고 있고 론디움에는 봉인된 마법진이라는 것이 하나씩 사라지고 있습니다. 제가 예전에 말했던 것처럼 론디움에 있는 봉인된 마법진이 모두 사라지는 순간 론디움이 아니라 지구에 엄청난 재앙이 찾아올 것입니다.]

[구체적으로 그 재앙이라는 것이 어떤 것입니까? 다시한 번 설명해주시죠. 지금 지구에 나타나는 몬스터들보다 더 큰 재앙이 되는겁니까?]

지금 나타나는 몬스터들만으로도 사람들은 공포에 떨며 살고 있었다. 그런데 그것보다 더 큰 재앙이라니?

[지금과는 비교도 할 수 없는 몬스터들이 한 번에 들이닥칠 것입니다.]

[그럼 론디움에 있는 봉인된 마법진만 지킨다면 그런 일을 방지할 수 있다는 겁니까?]

[네. 맞습니다. 물론 지금 지구에 들이닥치고 있는 몬스터들까지 방지할 수 있다는 것은 아닙니다. 그것에 대해서는 저희도 원인을 찾고 있는중입니다. 그러나 그것보다 더 중요한 것은 지금 론디움에 있는 봉인된 마법진을 누군가가 파괴하려고 한다는 것입니다. 저희 총군 연합이 그것을 방어하려고 했지만 흉악한 놈들이 벌써 3개중 2개의 마법진을 파괴한 상황입니다. 이제 마지막 하나밖에 남지 않았습니다.]

마지막 하나가 남았다는 말에 동영상 속에 있는 모든 사람들이 웅성웅성거리기 시작했다.

공포로 가득한 사람들의 얼굴이 비치기도 했고, 대책을 마련해야한다는 목소리를 내고 있는 사람들도 있었다.

그러나 남자의 말이 이어지자 순식간에 소란이 종료되었다.

[저희 총군 연합은 마지막 남은 봉인된 마법진을 지키기 위해 모든 연합원들을 동원할 것입니다. 물론 지구에 등장하는 몬스터들을 처리하기 위한 연합원들은 남겨두겠습니다.]

여기저기서 울려퍼지는 박수 소리.

[최근 무튜브에서 화제의 인물인 파란 머리 인물, 한국 정부와 계약했다고 알려진 그 인물은 총군 연합과 관련이 없는 겁니까?]

기자중 하나가 최근 무튜브에서 가장 핫한 최수민에 대해서 언급하였다.

다른 기자들도 그 질문을 하려고 했었는지 모두가 고개를 끄덕거렸다.

[안 그래도 그 사람에 대해서 언급하려고 했습니다. 그 사람은 여러분이 아시는 것처럼 좋은 사람이 아닙니다.]

다시 한번 장내가 소란스러워졌다.

지구에 나타난, 아니 정확히 말하자면 한국에 나타난 몬스터들을 아주 쉽게 처리하며 인기가 높아지고 있는 사람이 좋은 사람이 아니라니?

총군 연합원이 아니라고 지금 비하하는 것은 아닌가 하는 생각이 들때쯤 다시 한번 남자는 말을 이어갔다.

[제가 아까 말한 봉인된 마법진. 그것을 없애려고 하는 사람들 중 하나가 바로 파란 머리 남자입니다.]

충격에 빠진 사람들.

그렇다면 무튜브에 올라온 영상은 무엇이란 말인가?

게다가 그 영상들은 이제 한국 정부의 이름으로 올라오고 있었다.

기자들이 다시 살펴보니 남자 뒤에 앉아있는 사람들중 한국의 수장으로 보이는 사람의 얼굴은 보이지않았다. 처음엔 의문을 가졌지만 이제 그 의문이 해소되고 있었다.

[파란 머리 남자뿐만이 아닙니다. 저희 총군 연합이 지키고 있던 봉인된 마법진 중 하나에 한국인들로 추정되는 사람들이 대거 들어와 총군 연합원들을 죽이고 봉인된 마법진을 파괴했다고 합니다.]

[확실한 겁니까? 증인이 있나요?]

[물론 있습니다. 여기 이 사람들입니다.]

증인이라고 나온 사람들은 자유 길드원들에게 쫓기다가 최수민덕분에 목숨을 건진 사람들이었다.

그 사람들은 조슈아에서 있었던 일을 털어놓았고 그들의 말이 끝나자 그 자리에 있는 사람들은 한국을 지탄하며 해명을 요구하기 시작하는 것으로 동영상이 끝났다.

"자 이제 니가 뭘 해야하는지 알겠지? 괜히 우리같은 사람이 하는 것보다 너처럼 얼굴이 잘 알려진 사람이 말하는게 더 효과적일 거야."

이 자식들이 중요한 정보는 쏙 빼놓고 착한 척을 하려고들다니.

"준비해주세요. 당장 하죠."

더럽고 치사한게 뭔지 진짜 보여줘야겠네.

◇

레나와 함께 동영상을 본지 2시간이 지났다.

지금 최수민은 레나, 그리고 임동호와 함께 청와대에 들어와 있었다.

청와대 앞에는 중대한 발표라는 말과 함께 엄청나게 많은 각국취재진들이 줄을 지어 서있었고, 아직까지 최수민은 모습을 드러내지 않고 있었다.

"과연 무슨 말을 할까? 진짜 총군 연합의 말이 사실일까?"

"그렇게 나쁜 사람같지는 않은데…."

"한쪽 주장만 듣고 일방적으로 믿을 순 없지. 오늘 제대로 확인을 해보자고."

기자들은 모두 서로의 의문을 해결하기 위해 1시간전부터 자리를 잡고 앉아있었다.

"변명을 할지, 아니면 우리가 모르는 사실을 밝힐지 그것이 관건이네."

기자들의 웅성거림은 최수민이 공식 석상에 나오자마자 순식간에 사라졌다.

알수 없는 위압감. 범접할 수 없는 존재를 만난 것 같은 분위기에 아무도 말을 꺼내지 못했다.

카메라를 들고 있는 기자들은 최수민에게서 느껴지는 기운을 이기지 못하고 셔터조차 누르지 못했다. 그러다 한 사람이 실수로 셔터를 누르자 그제서야 자신의 손에 카메라가 있다는 것을 깨달은 사람들이 카메라 셔터를 누르기 시작했다.

말소리 대신 카메라 셔터소리가 울려퍼지는 가운데 기자들 중 한사람이 최수민에게 질문을 던졌다.

"총군 연합에서 한 말이 사실인가요?"

"그 사실이 진짜라면 저희 한국은 어떻게 되는 건가요? 총군 연합이 마련한 자리에 아예 초대받지도 못했던데요?"

모든 한국 기자들은 하나의 불안감을 가지고 있었다.

눈 앞에 있는 최수민이 강하긴 했지만 과연 총군 연합이라는 연합과 비교해도 강할까?

최수민만 믿고 있어도 되는걸까?

그런 의문을 해결해주기 위해 최수민이 드디어 입을 열었다.

"우선 먼저 말씀드리고 싶은 것은 총군 연합이 한 말이 사실이라는 겁니다."

최수민의 한 마디 말에 기자석에서 탄식이 터져나왔다. 정말 한국인들이 한 것이 맞구나. 이젠 어떻게 되는걸까?

"왜 그러신 겁니까?"

"앞으로 대책은 있으신 겁니까?"

"아. 물론 그걸 위해서 제가 이 자리에 서 있는 겁니다. 다들 진정하세요."

하지만 최수민의 말에도 기자들은 서로 속보를 쓰기 위해 키보드를 두드렸고 웅성거리는 소리는 전혀 줄어들지 않았다.

퍼엉!

그러자 레나가 하늘을 향해 거대한 폭발 마법을 사용하였고 그제서야 놀란 사람들의 시선이 최수민에게 집중되었다.

"자자. 여러분 진정하시고 제 말을 들어보세요. 일단 총군 연합의 말이 반 정도는 맞습니다. 하지만 그들은 중요한 걸 말하지 않았죠."

일순간 키보드를 열심히 두들기던 기자들의 손이 멈추었다.

"총군 연합은 자신들에게 유리한 정보만 말했을 뿐 더 중요한 정보를 말하지 않았습니다. 일단 론디움에 있는 봉인된 마법진이 다 사라지게 되면 능력자들은 모두 힘을 잃습니다."

다시 한 번 기자들의 손이 바쁘게 움직이기 시작했다. 그들 중 일부는 최수민에게 질문을 던져왔다.

"그럼 어떻게 되는 건가요? 능력자들이 힘을 잃으면 몬스터들은 어떻게 상대를 해야하는 거죠?"

지구에 점점 더 많은 몬스터들이 나오고 있는 지금 능력자들이 힘을 잃는다? 대체 최수민은 무엇을 원하는 것인가 하는 의문이 가득했다.

"그건 걱정할 필요 없습니다. 능력자들이 힘을 잃는 것은 론디움과 몬스터들이 모두 사라진 이후니까요."

"능력자들이 모두 힘을 잃는다는 건 최수민씨한테도 엄청난 손해일텐데 왜 굳이 그걸 감수하고 봉인된 마법진을 없애려고 하는 겁니까? 능력자로서의 삶이 끝나도 생계유지에 아무런 문제가 없다 이겁니까? 다른 사람들의 입장은 생각하지 않는 것 아닌가요?"

너는 벌만큼 벌었으니 이제 은퇴하고 싶다 이거냐? 라는 말투로 물어보는 기자.

아오. 얄미워서 한 대 때려주고 싶네.

"그럴 리가 있겠어요? 저도 지금 이 상태로 살면 좋죠. 인기도 많겠다. 봉인된 마법진을 빠르게 없애지 않으면 점점 더 강한 몬스터가 지구를 습격해올 겁니다. 만약 봉인된 마법진을 없애게 되면 총군 연합의 말처럼 엄청나게 강한 몬스터가 지구를 습격해오든 론디움을 공격하든 둘 중 하나가 되겠구요."

그러니까 핵폭탄급 공격을 한 번 허용하던지, 자잘한 미사일 공격을 계속 맞으면서 불안감을 안고 살던지 알아서 결정하라는 듯한 최수민의 말에 기자들은 질문을 던지지 못했다.

"아 물론 한국은 저랑 레나가 설치해놓은 마법진이 있으니 안심하고 살아도 됩니다. 총군 연합이 지킨다는 다른 나라들은 어떨지 모르겠지만요. 저 같으면 언제 몬스터가 집 앞에 나올지 모르는 환경에서는 불안해서 못 살 것 같은데요."

눈앞에 있는 기자들에게는 이렇게 말했지만 실상은 총군 연합 너네도 할 수 있으면 해봐. 라는 식의 도전적인 말투로 말을 꺼냈다.

물론 할 수 있을 리가 없지. 레나의 말대로라면 마법진을 만들 수 있는 사람도 없을 뿐더러 어떤 마법진인지 조차 알아채지 못할 테니까.

"제가 할 말은 이게 끝입니다."

"잠시만요. 그럼 다시 총군 연합이 지키고 있는 봉인된 마법진을 공격하러 갈 건가요? 총군 연합원들을 공격하면서요?"

"물론 지금은 그럴 계획이 없습니다. 총군 연합이 허락해줄때까지 기다려보려구요."

"그럼 앞으로 계획이 어떻게 되는 건가요?"

"아까 말한 것처럼 앞으로 점점 더 강한 몬스터가 등장할 겁니다. 봉인된 마법진을 파괴하는 일을 막는 사람들이 있는 이상 제가 할 수 있는 일은 한국에 설치되어 있는 마법진 근처에 머무르며 지구에 나타나는 몬스터들을 처리하는 일밖에 없겠죠."

그 말을 남긴 채 최수민은 더 이상 질문을 받지 않고 청와대로 다시 들어가버렸다.

기자회견을 하는 것처럼 자리를 만들었지만 실상은 총군 연합에 내미는 도전장이었다.

마지막 봉인된 마법진을 향한 길을 뚫어주던지, 전 세계

200

어디에 나타날지 모르는 더 강해질 몬스터를 계속 막아가며 뜻을 지켜내던지.

다시 건물 안으로 들어온 최수민을 대통령이 반갑게 맞이해주었다.

"좋은 연설이었습니다. 정말 한국은 안전한 거겠죠?"

이미 끝난 이야기였지만 최수민에게서 느껴지는 위압감에 대통령은 다시 한 번 물어보았다.

대통령과 다른 사람들은 이미 최수민이 말한 것처럼 전 세계에 더 강한 몬스터가 나오면 전 세계의 부자들과 능력 있는 사람들이 비교적 안전한 한국을 찾아올 것이고, 그렇게 되면 능력자들이 힘을 잃는 순간 한국이 순식간에 강대국이 될 수 있다라는 계산을 끝낸 후였다.

이제 남은 것은 시간을 가지고 여유롭게 기다리는 것뿐.

"그럼 전 이만 약속한대로 몬스터들이 나오는 곳을 지키러 가야해서 가보겠습니다."

여전히 대통령을 비롯한 사람들과 있는 것이 부담스러운 최수민은 레나와 함께 빠르게 청와대를 벗어났다.

◇

푸욱.

서걱.

산조차 보이지 않는 넓은 평야에 나타난 거대한 몬스터들이 하나 둘씩 공기속에 생긴 균열을 타고 넘어옴과 동시에 그 곳에 기다리고 있던 최수민이 몬스터들을 하나 둘씩 베어내 나갔다.

화르르륵!

그리고 그 옆에 서있던 레나는 마법을 사용하여 몬스터들을 하나 둘씩 구워나가고 있었다.

누가보면 맛있는 고기를 먹고 있는 것이 아닐까 싶을 정도로 맛있는 냄새가 진동을 하고 있었고, 실제로 최수민과 레나의 모습을 촬영하고 있는 스태프들은 입맛을 다시고 있었다.

'저런 몬스터들을 음식으로 만들면 먹을 수 있을까?'

'냄새가 너무 좋은데….'

냄새만 좋은 것이 아니라 3미터가 넘어가는 거대 몬스터였기에 수십 명이 달라붙어도 배를 채울 수 있을 것 같았다.

"점점 몬스터가 나오는 주기가 잦아지는 것 같지 않아요?"

최수민이 검으로 미노타우르스의 다리를 자르는 것을 보고 있던 한 남자가 말했다.

일주일에 한 번씩 나오던 몬스터는 점점 주기가 줄어들어 최근에는 하루에 한 번꼴로 나오고 있었다.

물론 한국만이 아니라 전 세계적으로.

"그나마 우리나라는 사정이 나은편이지. 다른 나라들은 진짜 언제 폭발할지 모르는 폭탄을 옆에 두고 사는 거니까… 다들 능력자가 있는 대도시로 이사가려고 한다고 하잖아. 돈 있고 능력있는 사람들은 한국으로 오려고 줄을 섰다고 하고."

최수민이 기자회견을 마친지 어느새 3주.

그 짧은 시간에 세계 곳곳에 출현하고 있는 몬스터들 때문에 한국으로 떠나올 능력이 있는 사람들은 하나같이 한국으로 이민을 오려고 하고 있었다.

"그렇죠. 뭐 나노소프트의 회장도 서울에서 보이고, 사과 기업의 회장도 서울에 산다고 하니까. 이거 점점 집값올라가서 한국에서 살기 힘들어지는 것 아닌가 모르겠어요. 어휴. 저희 집만 가격만 해도 2주만에 2배가 넘게 뛰었다니까요. 월세였으면 진짜 죽는 소리 나올뻔 했어요."

"죽는 소리만 나오는 거지. 외국이었어봐. 진짜 죽을지도 모르는데."

그나마 최수민과 레나가 만들어놓은 마법진덕분에 안전하게 살 수 있으니 이렇게 촬영하는 여유라도 있지.

푸욱!

최수민이 마지막으로 코카트리스의 가슴에 검을 박아넣자 마법진 위에 떠있던 균열이 닫히기 시작했다.

"오늘도 수고하셨습니다."

"네. PD님도 고생하셨어요."

다른 나라에서 몬스터가 나타나면 아수라장이 되지만 마법진이 있는 곳의 분위기는 화기애애했다.

마치 리얼 버라이어티 쇼의 한 현장 같은 훈훈한 마무리. PD와 촬영 스태프의 눈에는 몬스터는 더 이상 공포의 대상이 아니라 마치 고대 로마 시대에 검투사들이 콜로세움에서 맹수와 싸우는 하나의 즐거운 눈요기거리일 뿐이었다.

대다수의 국민들도 그런 모습을 동영상으로 시청하며 최수민과 레나의 인기는 점점 올라갔다.

"이쯤되면 총군 연합에서 연락이 올거라고 생각했는데 아직까지 아무런 연락이 없네요."

안전한 한국.

그리고 몬스터들이 언제 나타날지 모르는 다른 나라 사람들.

이제는 모두가 알고 있는 그 사실에도 불구하고 총군 연합에서는 아무런 연락이 없었다.

"아직까지는 할만한가 보지. 우리가 그 때 봤던 그 몬스터들은 등장하지도 않잖아."

이규혁을 만났던 그곳.

새로운 몬스터들이 가득했지만 아직까지 지구에는 나타나지 않았다.

"그러고보니 그 녀석들은 어떻게 된 걸까요? 그리고 재앙이 될 드래곤은 어떻게 되어가는 건지."

최수민과 레나가 마법진을 지키고 있는동안 임동호가 계속 연락을 해주고 있었지만 재앙이 될 드래곤에 대한 소식은 전혀 전해지지 않았다.

"그게 나도 궁금하긴한데."

드래곤인 레나답게 최수민보다 재앙이 될 드래곤이라는 것에 대해 더 궁금해하고 있었다.

론디움에 있을 때의 기억을 되새겨봐도 자신말고는 드래곤이라고는 본 적이 없었다. 멜로스는 빙하에 갇혀있었고.

"혹시 그 재앙이 될 드래곤이라는게 멜로스는 아니겠지?"

"에이. 어 잠시만요."

오랜만에 최수민의 전화기가 울리고 있었다.

'임동호한테서 전화올 시간이 아닌데. 누구지?'

발신자에는 전혀 모르는 번호가 표시되어 있었다. 에이 스팸전화인가?

"여보세요?"

"최수민씨?"

"네. 누구세요?"

"총군 연합 대표가 한국에 입국해서 최수민씨를 만나고 싶어합니다."

드디어 왔구나. 그런데 직접 올 줄이야. 예상 못했네.

"언제요?"

"지금 당장 그 곳으로 가겠다고 합니다."

생각보다 실행이 빠른 사람이군. 그럼 맞이할 준비를 해 줘야겠지?

◇

최수민과 레나, 그리고 촬영 스텝들이 지내기 위해 지어 놓은 간이 건물만이 자리하고 있는 마법진 지역.

그 곳에 검은색 롤스로이스 한 대가 다가오고 있었다. 거 친 흙길을 달려 차에 흙먼지가 쌓이고 있었지만 그것따윈 상관 없다는 듯이 빠르게 달려왔다.

"여긴가?"

총군 연합의 장 오베르토는 차에서 내리자마자 땅에 그 려져 있는 거대한 마법진을 살피기 시작했다.

'겨우 이런 것으로 한국에 나오는 몬스터들을 모두 끌어 들이는 건가?'

신기하긴 했지만 무엇인지 전혀 알 수 없었기에 오베르 토는 유일하게 있는 간이 건물의 문을 열고 들어갔다.

'크윽. 이게 대체 무슨 기운이지?'

문을 열자마자 눈 앞에 앉아있는 최수민을 바라보는 순 간 엄청난 위압감이 오베르토의 몸을 짓눌렀다.

거부할 수 없는 기운.

그 옛날 황제가 존재하던 시절 황제를 만난 평민이나 귀 족의 기분이 이러했을까?

"어서오세요."

최수민의 목소리가 들려오자 그제서야 오베르토는 정신을 차리고 자리에서 일어날 수 있었다.

"네. 반갑습니다. 실제로 보니 훨씬 인물이 좋으시네요."

"감사합니다. 피차 바쁘니 용건만 간단히 이야기하죠."

◇

최수민과 오베르토의 대화가 끝난지 두 시간이 지났다. 두 사람의 대화는 무튜브에 올라갔고, 최수민은 전 세계적으로 칭찬을 들었고 오베르토는 무병장수할 정도로 엄청난 욕을 먹고 있었다.

[이런 개같은 놈이었다니!]

[이럴 줄 알았다. 한국에 비해 능력도 없고 항상 사망자가 발생해도 어쩔 수 없었다는 식으로 쉬쉬하더니. 이런 놈이 책임자였으니 당연한 일이지.]

[저 놈한테 준 돈, 총군 연합에 준 돈 모두 다 돌려받아야 한다.]

[당장 봉인된 마법진은 없애라고 해! 어차피 항상 위험하게 살아가고 있는데 한 번 엄청 큰 건이 터지더라도 안심하고 살아야지.]

[ㄴ 핵폭탄같은 게 터지는 것과 비슷하다는데 감당할 수

있겠냐? 눈치도 못챈 사이에 염라대왕 만나고 있을지도 모르는데?]

[ㄴ어차피 매번 꿈에서 만나는데?]

"이… 이 자식 어떻게 이걸 올린 거지? 분명 모든 걸 확인했는데?"

그 동영상과 댓글을 보고 있는 오베르토의 손은 부들부들 떨리고 있었다.

부들부들 걸리는 손과 함께 핸드폰에는 계속 진동이 오고 있었다. 발신자는 미국 대통령을 비롯한 각국의 수장들.

동영상이 공개된 이후 오베르토의 전화기는 쉴새 없이 울리고 있었다.

'분명 아무도 없었는데? 몰래 카메라 같은 것도 없었고. 어떻게 된 거지?'

최수민과 대화를 나누기 전 오베르토의 부탁으로 간이 건물 안에 있던 레나를 비롯한 나머지 사람들은 모두 간이 건물 밖으로 나간 상태였다.

그럼에도 불구하고 오베르토는 건물을 꼼꼼하게 살피며 몰래 카메라 같은 것에 대비하기도 했었지만 그 때도 발견하지 못했었다.

"제기랄!"

짧은 외침 후 오베르토의 손 위에 있던 죄 없는 스마트폰만 가루가 되어 사라졌다.

[어차피 당신도 다 돈 때문에 하는 거잖아요? 이 세상에서 전쟁이 없었던 적은 없었어요. 전쟁 때문에 많은 사람들이 죽어나갔었고, 지금은 그 전쟁이 사라진 대신 몬스터들에게 사람들이 죽어나가는 것일 뿐이죠. 결과적으로 죽은 사람의 숫자로 보자면 전쟁에서 죽은 사람보다 더 적기도 하고.]

오베르토의 목소리가 간이 건물안에 울려퍼졌다. 자신감이 가득한 오베르토의 목소리처럼 오베르토의 얼굴엔 자신감이 가득 차있었다.

니까짓게 과연 반박할 수 있을까? 라고 말하는 듯한 눈빛.

[죽는 사람의 수가 더 적다고 해도 죽지 않을 수 있는 사람들이 죽어나가는 거잖아요? 그런데도 계속 봉인된 마법진을 지킬 생각인가요? 몬스터들이 나오는 근본 원인을 알고 있고 그 원인을 해결할 수 있는 방법이 있는데?]

최수민의 반박에 오베르토는 잠시 말을 멈추더니 다시 미소를 짓기 시작했다.

[어차피 능력자가 아닌 사람들이야 얼마나 죽든 내 알 바가 아니에요. 우리는 선택받은 사람들이니까. 그 놈들은 단지 우리에게 돈이나 가져다 주는 존재에 불과하죠. 진화에 도태된 놈들은 원래 죽기 마련.]

점점 더 높아지는 오베르토의 목소리.

이거 단단히 미친놈이구만.

그럼 론디움에 쳐박혀서 몬스터들이나 사냥하면서 살지 뭐 한다고 진화에 도태된 사람들이랑 살아가려고 발악하는 거지?

최수민은 제대로된 건수를 잡았다고 좋아하고 있었다. 빼도박도 못할 치명적인 발언.

최수민이 이런 저런 생각을 하며 말을 하지 않자 자신의 말에 동의하고 있다고 생각한 오베르토는 말을 계속 이어갔다.

[그래서 전 능력자들의 나라를 만드려고 합니다. 능력자들이 대우받는 세상. 물론 지금도 대우는 받고 있죠. 하지만 대부분의 능력자들은 돈을 벌기 위해 일을 하는 고급 노동자일뿐. 일반인들은 쳐다도 보지 못할, 그런 나라를 만드는게 제 목표입니다. 물론 최수민씨가 동의하시면 제가 한 자리 해드리죠.]

[전 전혀 동의 못하겠는데요? 어차피 봉인된 마법진 하나만 사라지면 능력을 모두 잃어버릴 텐데 이제와서 무슨 능력자들의 나라타령이래요? 겨우 그런 거 때문에 전 세계 사람들의 목숨을 담보로 하고 총군 연합원들을 죽여가면서까지 봉인된 마법진을 지키려고 한 거에요?]

[하하. 아직 어려서 잘 모르시는 것 같은데 왜 제가 이런 생각을 하고 있는지 인생을 더 살아보면 아실 겁니다. 오늘은 이만 하죠. 제가 한 말은 흘려듣지 마시고 다시 한번 잘 생각해보시길.]

그렇게 자리에서 일어난 오베르토가 건물 밖으로 나가는 것으로 영상은 종료되었다.

"와. 최수민 그 때 영상을 남기는 마법을 쓸 생각을 했다니. 나름 머리가 돌아가는데?"

빠르게 늘어가는 조회수와 댓글을 살펴보며 레나가 말을 꺼내었다.

쓸 일이 거의 없기에 자신도 잊고 있던 마법을 제 때 사용하다니.

"그나마 다행이죠. 그 녀석도 얼마나 급했으면 이런 제안을 대놓고 하러 왔겠어요."

전 세계적으로 예측할 수 없이 나타나는 몬스터 때문에 총군 연합의 입지가 상당히 흔들리고 있었기에 마법진 설치를 의뢰하기 위해 한국에 온 오베르토는 자신의 몸에 거대한 폭탄을 달아놓고 돌아가고 말았다.

"이제는 재앙이 될 드래곤만 해결하면 될 것 같네요."

자폭을 하고 간 오베르토와 총군 연합이 어떻게 될지 기다리며 최수민은 몇일 더 간이 건물에 머무르며 마법진에 등장하는 몬스터들을 잡아나갔다.

◇

"옛날보다 서벨리 빙하에 나오는 몬스터가 상당히 줄어든 것 같지?"

"그러게. 지구로 몬스터들이 흘러들어가서 그런지 몬스터가 진짜 엄청 줄어든 것 같은데. 예전엔 진짜 쉴틈이 없었는데 지금은 완전 쉴틈 천지니까."

몬스터의 수가 상당히 줄어들었지만 무력 길드 소속의 이보현과 강민호, 홍유석은 서벨리 빙하 앞에서 계속 사냥하며 마족들을 관찰하고 있었다.

580레벨이 넘는 세 사람의 눈 앞에는 여전히 상급 마족들이 아블을 지키고 있는 모습이 보였고, 그 옆에는 빙하 속에 갇혀 있는 블루드래곤만이 보였다.

"재앙이 될 드래곤이 설마 저 놈은 아니겠지?"

짧은 두 자루의 검을 양손에 쥐고 자신에게 다가오는 몬스터의 양 팔을 잘라낸 강민호가 블루 드래곤을 쳐다보며 말했다.

빙하 속에 갇혀있지만 거대한 덩치는 강민호를 비롯한 파티원들에게 위압감을 주기엔 충분했다.

50미터는 족히 넘을 것 같은 거대한 덩치에 빙하까지 뒤덮혀 있었으니 그야말로 거대한 건물이 눈 앞에 있는 것 같았다.

"설마. 만약 저거라면 사람이 싸워서 이길 수 있긴 한 걸까? 검도 안박힐 것 같은데?"

"공격은 커녕 발에 밟히면 그대로 죽을 것 같은데?"

거대한 방패를 빙글빙글 돌리며 몬스터들 사이에서 몬스터들의 공격을 막아내고 있는 홍유석이었지만 드래곤의 발에 밟히면 무사하지 못할 것이라는 생각이 들었다.

"저 녀석이 영원히 저기 갇혀 있는 거라면 좋을 텐데."

"그런데 방금 저 빙하 속에 있는 녀석, 눈을 깜빡인 것 같은데?"

거대한 창을 양 손으로 휘두르고 있던 이보현이 말하자 파티원들은 무슨 불길한 소리를 하냐며 이보현의 말을 믿지 않았다.

"진짜라니까! 방금도 한 번 깜빡인 것 같은데?"

정말 심각하다는 듯이 말하는 이보현의 말에 강민호와 홍유석은 빙하 속에 있는 드래곤의 눈을 바라보았다.

빠지직.

"눈을 깜빡 거린 게 아니라 저 얼음에 금이 간 것 같은데?"

"어. 방금 소리를 들은 것 같아."

푸아악.

드래곤을 감싸고 있던 빙하의 일부가 갑자기 갈라지며 바다에 떨어지며 거대한 물기둥이 하나 생겨났다.

"설마? 아니겠지? 뭐 가끔 얼음이 떨어질 수도 있는 거겠지? 안그래?"

강민호가 파티원들을 안심시키기 위해 말을 했지만 자신도 안심하지 못했다. 서벨리 빙하에서 사냥한지가 벌써 2달째.

이때까지 한 번도 보지 못했던 현상이 눈 앞에서 벌어지고 있었던 것이다.

"설마…가 사람 잡는다는데…."

빠지지직.

다시 한 번 얼음이 갈라지는 소리가 서벨리 빙하를 울렸고, 그 소리가 조금씩 잦아지기 시작했다.

"어떻게 해? 길드에 알리러 가야겠지?"

"다… 당연한 말을… 빨리 돌아가자."

580레벨이 넘는 세 사람이었지만 거대한 드래곤의 몸에서부터 느껴지는 위압감은 그들을 겁먹게 하기에 충분했다.

론디움에서 어떤 몬스터를 사냥해도 겁먹지 않고 게임을 하듯이 사냥을 해왔지만 드래곤이 보여주는 압박감은 다른 몬스터들과 차원이 달랐다.

"뛰어!"

등 뒤에서 얼음이 갈라지는 소리가 점점 더 빠르게 들려오자 세 사람은 빠르게 서벨리 빙하를 탈출하기 위해 달리기 시작했다.

"젠장! 왜 하필 우리가 사냥할 때 이런 일이 벌어지는 거야!"

"말 할 시간에 빨리 뛰어!"

조만간 얼음이 모두 깨진다는 것은 더 이상 지켜보지 않아도 알 수 있는 상황.

"크오오오오!"

세 사람은 본능적인 공포를 느끼며 빙하밖으로 달려가는데 갑자기 등 뒤에서 공기를 찢는 듯한 거대한 소리가 들려왔다.

"으… 다리가 안움직여."

"나도… 온 몸에 힘이 빠진다."

그 소리는 세 사람의 온 몸을 마비시켰고 세 사람은 그 자리에 서서 더 이상 움직이질 못했다.

겨우 힘을 내서 몸을 움직여 뒤를 돌아보자 등 뒤에서 났던 소리는 어디갔는지 평소에 서벨리 빙하에 등장하던 몬스터들 밖에 보이지 않았다.

"그런데 저 놈들 왜 저러지?"

호전적인 녀석들이 강민호와 일행들에게 다가오긴 커녕 무언가를 두려워하고 있는 듯 그 자리에 얼어붙은채 움직이지 않고 있었다.

갑자기 커다란 그림자가 몬스터들을 덮치기 시작했고 그 그림자는 이내 강민호와 일행들의 위까지 다가왔다.

"하… 하늘 좀 봐."

이보현의 떨리는 목소리에 세 사람이 하늘을 쳐다보았더니 그 곳엔 거대한 몸뚱이의 파란색 드래곤이 하늘을 날고 있었다.

"크르르르르."

다시 한 번 그 드래곤의 울음소리가 들리자 세 사람은 겨우 버티고 서있던 다리의 힘을 잃고 바닥에 털썩 주저 앉았다.

이제껏 경험해보지 못했던 극한의 공포.

마족들을 상대하며 느꼈던 공포와는 비교도 안되는 엄청난 공포심에 세 사람은 하늘을 쳐다만 보고 있었다.

쐐애애애액.

거대한 몸뚱이가 바람을 가르는 소리와 함께 블루 드래곤이 땅으로 내려왔고 그 밑에 서있던 몬스터 2마리가 그대로 블루 드래곤의 발에 밟히며 뼈와 살이 분리되며 곤죽이 되어버렸다.

"으… 으아아…."

이제는 목소리조차 나오지 않는 세 사람.

싸울 의지는커녕 몸을 움직일 생각조차 나지 않을 정도로 굳어버린 몸은 세 사람의 통제를 벗어나 사시나무 떨 듯 떨리기만 했다.

[도망가시오. 인간들.]

세 사람의 머리 속에 울려퍼지는 목소리.

머리 속에 울려퍼지는 목소리의 주인을 찾기 위해 세 사람은 필사적으로 고개를 돌려 주위를 살펴보았지만 다른 사람은 보이지 않았다.

[마지막 기회요. 어서 도망가시오.]

다시 한 번 머릿속에 목소리가 울려퍼졌지만 빌어먹게도 다리에 힘이 들어가지 않았다.

"젠장. 이렇게 죽게 될 줄은 생각도 못했는데."

어차피 론디움이 사라지게 되면 다시 살아날 수 있다는 것은 알지만 그렇다고 해서 죽음을 유쾌하게 받아들일 수는 없었다.

상처를 입어도 낫게된다는 것을 알면서도 상처를 피하려
고 하는데 그 것보다 훨씬 무서운 죽음이라는 것을 눈앞에 둔
강민호가 겨우 두 팔로 몸을 지탱하여 몸을 일으켜 세웠다.

"가자."

강민호가 가장 먼저 일어나서 이보현과 홍유석의 팔을
잡아서 끌어당겼고, 겨우 일어난 세 사람은 걸음을 옮기기
시작했다.

"빨리 가서 길드에 알려야 해. 우리정도의 수준으로는
아예 감당할 수가 없다."

[빨리 도망가라. 이제 시간이 없다.]

갑자기 반말로 바뀐 머릿속의 목소리. 목소리가 울릴 때
마다 드래곤이 움직임을 멈추는 걸로 봐서 머릿속에 울리
는 목소리의 주인이 드래곤이라는 것을 알 수 있었다.

굳어 있는 몬스터들 사이로 세 사람은 겨우 한 걸음씩 걸
음을 옮기기 시작했고, 몇 걸음 가지 못했는데 다시 한 번
머릿속에 목소리가 울려퍼졌다.

[미안하다.]

"크아아아악!"

마지막으로 머릿속에 목소리가 한 번 울려퍼지더니 다시
한 번 드래곤이 포효했다.

그리고 드래곤 쪽으로 대기속에 있는 마나들이 끌려들
어가기 시작하더니 이내 그것은 드래곤의 입안에서 파란

빛으로 빛나기 시작했다.

"저… 저건 또 뭐야."

콰아아아아앙!

그리고 드래곤 입 안에서 뿜어져나온 거대한 파란 빛이
세 사람이 본 마지막 광경이었다.

7장. 여왕 개미

7장. 여왕 개미

이때까지 상상도 하지 못했던, 아니 상상정도는 했을까?

론디움 최악, 최강의 몬스터가 등장했다는 소식은 이미 론디움은 물론이고 지구에 퍼졌다.

[강한 몬스터가 나와도 막아낼 수 있다던 총군 연합, 과연 이번에는 막을 수 있을까?]

[잠적해버린 오베르토, 그와 반대로 최강의 몬스터 등장. 과연 총군 연합은 지구를 지킬 수 있는가?]

[최강의 몬스터 등장! 최수민은 과연 이길 수 있을 것인가?]

· 자극적인 뉴스기사들이 인터넷을 도배하기 시작했고, 댓글들의 반응들도 가지각색이었다.

최수민이라면 할 수 있다.부터 시작해서 드래곤은 론디움 내에서 해결이 되었으면 좋겠다라는 반응들까지.

그 뉴스 기사들을 읽고 있는 임동호의 이마에는 주름이 가득해서 비료를 뿌리고 농사를 지어도 될 것 같았다.

'빙하속에 있던 그 드래곤이 나타날 줄이야. 예상 못한 것은 아니지만 터무니 없이 강하다.'

강민호를 비롯한 무력 길드원 3명은 시체조차 찾을 수 없었고 블루 드래곤은 고삐풀린 망아지처럼 론디움 전역을 날아다니며 마을을 파괴하고 능력자들을 학살하고 있었다.

대부분의 능력자들은 저항은커녕 움직이지조차 못한채 드래곤을 만나면 그 자리에서 죽음에 이르렀고 그나마 시체라도 찾을 수 있는 경우도 드물었다.

'드래곤이 나타난 이후로 엄청나게 강해진 몬스터들이 나타나고 있어서 지구의 상황도 좋은게 아니다.'

이규혁을 만났었던 그 장소에서 보았던 몬스터들이 지구를 습격해오기 시작했다.

마치 드래곤이 깨어나길 기다렸다는 것처럼 블루 드래곤이 론디움에서 활동하는 동안 지구에는 한층 강화된 몬스터들이 나타났고, 전 세계는 이제 지구의 종말이 아닌가 하는 말까지 나돌고 있었다.

물론 한국만큼은 예외였다.

레나와 최수민이 만들어놓은 마법진은 여전히 잘 작동하고 있었고 그 마법진에 나타나는 몬스터들은 강해졌다고 해도 최수민과 레나의 손아귀를 벗어나지 못했다.

그나마 긍정적인 상황.

'하지만 최수민과 레나를 데리고 이제 론디움으로 가야 한다.'

아무리 강한 몬스터들이 지구를 습격해오고 있다고 해도 드래곤에 비할 바는 아니다. 그 정도 몬스터들은 무력 길드 내에서 실력자들을 뽑아서 잡으라고 해도 잡을 수 있을테고.

게다가 임동호의 머릿속에 드래곤을 상대할 수 있을만한 사람으로는 최수민과 레나말고 딱히 떠오르는 사람이 없었다.

문제는 최수민이 지키는 안전한 한국!

이라는 인식이 박혀있다는 점인데 이건 아마 드래곤에 대한 기사들이 엄청나게 퍼져있으니 쉽게 해결될 수 있을 것이다.

임동호는 생각을 마친 후 최수민을 향해 전화를 걸었다.

◇

"네. 그럼 지금 바로 출발하죠."

전화기 너머로 들려오는 임동호의 심각한 목소리.

몰랐던 이야기는 아니지만 이제야 마법진을 벗어나 론디움으로 갈 수 있다는 생각에 안심한 최수민이 레나에게 소식을 전했다.

레나는 재앙을 가져올 드래곤의 정체가 멜로스라는 사실을 알고나서부터 마법진에서 몬스터들을 사냥할 때 조급해 보였는데 최수민이 전해주는 소식을 듣자 기뻐하며 당장 출발할 준비를 했다.

"멜로스 녀석 빨리 만나서 때려주고 어떻게 된 건지 알아내야겠어."

재앙의 드래곤이라고, 최강의 몬스터라는 이름으로 불리고 있는 멜로스였지만 레나에게는 한 명의 친구일뿐. 전혀 겁먹거나 하지 않았다.

애초에 티어린에서부터 알고 있던 멜로스이기 때문에 물어볼 것이 많았다. 특히 여해에 대해서.

그리고 왜 빙하 속에 갇혀있었는지.

레나와 최수민은 준비를 마치고 바로 론디움으로 출발했다.

"이게 어떻게 된 거야?"

두 사람이 마지막까지 머물렀던 곳은 트리어.

순백색 신전이 지키고 있고 오우거의 물약을 팔고 있던 가게들은 흔적도 없이 사라진 상태였다.

남은 것은 폐허가 되어버린 땅.

단지 바닥에 남아있는 주춧돌들과 무너진 건물 잔해들만이 그 곳에 건물이 있었다는 것을 말해주고 있었다.

트리어 이곳저곳에는 거대한 발자국들이 찍혀있었고 특히 트리어 한복판에는 거대한 구덩이가 파여져있었다.

그 곳을 기준으로 직선거리 100미터 정도로 길고 깊은 구덩이가 트리어를 관통한 상태.

그 부분에는 건물들의 잔해조차 남겨져있지 않았다. 말 그대로 흙바닥밖에 보이지 않는 흔적.

"대체… 어떻게 하면 이런 걸 만들 수 있는거죠?"

"이건… 브레스의 흔적인데… 멜로스 녀석 대체 무슨 짓을 하고 다니는 거지? 누구보다 인간에게 호의적인 녀석이었는데."

그 길다란 흔적에서 느껴지는 멜로스의 마나를 보며 레나가 중얼거렸다.

아마 이 곳에 사람이 있었다면 시체를 남기지 못했으리라.

대체 무엇 때문에 멜로스가 이렇게 사람들을, 그리고 마을을 파괴하고 다니는 걸까?

아무래도 직접 물어보기 전까진 해답을 찾기 힘들 것 같았다.

자로 잰 듯 한치의 오차도 없는 길다란 흔적에는 마나가 느껴졌고 그 흔적들 사이에서 냉기가 느껴졌다.

손을 가져다대면 당장이라도 얼어붙을 것 같은 엄청난 냉기.

"여기서 냉기가 느껴지는 걸로 봐서는 얼마 전에 여길 다녀갔나봐요."

마치 살인 현장에 온 탐정처럼 최수민이 추리를 해보았지만.

"아니. 블루 드래곤의 브레스라서 아직까지 냉기가 느껴지는 걸 거야. 아마 이정도라면 여길 다녀간지는 오래되었을 걸?"

최수민의 말처럼 멜로스가 다녀간지 얼마되지 않았다면 이 구덩이가 있는 곳까지 오기도전부터 엄청난 냉기를 느꼈을 것이다.

"최수민!"

임동호와 임동호의 파티원들이 최수민의 이름을 부르며 멀리서 다가왔다.

네 사람 모두 당장이라도 싸울 준비를 하고있었고 얼굴은 굳어있었다.

트리어가 파괴된 광경을 보자 드래곤이 얼마나 강한지 간접적으로 알 수 있었으니까.

네 사람이 이렇게 긴장한 적이 있었던가?

그들의 얼굴을 보자 최수민도 자연스럽게 긴장하기 시작했다.

마족이 아무리 강하다고 해도 결국 인간의 형태.

이때까지 싸워왔던 적들과 비슷했기에 중급 마족이던 상급 마족이던 크게 긴장하지 않았지만 이번엔 완전히 미지의 존재.

과연 그 거대한 몸뚱이를 가지고 있는 블루 드래곤과 어떻게 싸워야할지 싸우기도 전부터 머리가 아파왔다.

"네 분이 다 오시다니. 두 분은 각자 나라를 지키는 것도

226

바쁘지 않아요?"

지혜 길드의 배재준, 그리고 무력 길드의 임동호와는 다르게 나머지 두 사람의 나라에는 마법진이 설치되어있지 않아 무작위로 나타나는 몬스터들 때문에 애를 먹고 있었다.

"잔 몬스터들보단 아무래도 드래곤을 처리하는게 먼저일 것 같아서. 드래곤이 지구로 간다고 생각만해도 끔찍하군."

사람들이 모여살고 있는 지구에 드래곤이 등장해서 브레스를 사용한다던지, 레나가 사용했던 엄청난 마법을 사용한다던지 하는 상상만 해도 끔찍했다.

"레나님. 혹시 드래곤을 상대하는 방법이 있나요? 드래곤의 약점이라던지."

그나마 다행인 점은 이쪽에도 드래곤이 하나 있다는 것. 임동호가 레나에게 드래곤을 상대하는 방법에 대해 물어보았다.

"없어."

단호하게 대답하는 레나. 그러자 사람들의 얼굴에 당혹감이 스쳐지나갔다.

"없다니… 드래곤을 상대할 방법이 없다는 겁니까? 아니면 약점이 없다는 겁니까?"

답답하다는 듯 배재준이 레나에게 물어보았다. 드래곤인 레나가 그렇다면 정말 절망적인 상황.

"둘 다 없다는 뜻이야. 그나마 지금 여기 있는 사람들이라면 희망은 있겠네."

드래곤의 피부는 그 무엇보다 단단하고 드래곤이 사용하는 마법은 그 누구가 사용하는 마법보다 강력하다.

아무리 엄청난 마법을 사용하는 대마법사라고 해도 드래곤이 사용하는 마법을 막을 수 없고, 소드 마스터정도 되어야 그나마 드래곤의 몸에 상처라도 입힐 수 있다.

"이론적으로라면 너희들의 실력이라면 드래곤의 몸에 상처를 입힐 수는 있지. 하지만 드래곤은 바보가 아니거든. 아마 하늘에서 날아다니면서 너희를 상대할 거야. 그럼 공격도 못한 채로 드래곤을 바라만 봐야하는 거지."

아무리 능력자들이 평범한 인간들과 다른 육체를 가지고 있다고 해도 하늘을 날 수 있는 것은 아니다.

아무리 높이 도약할 수 있다고 해도 하늘 높이 날아다니는 드래곤에게 닿을 수 있는 것도 아니고.

그나마 하늘을 날아다니는 몬스터인 하피를 상대할 때는 화살이나 마법같은 것이 통하지만 드래곤에게는 전혀 소용없는 일이었다.

화살은 피부를 뚫지 못할테고 마법은 오히려 드래곤이 사용했으면 사용했지 웬만한 마법들은 드래곤의 몸에 닿기도 전에 사라질 것이다.

"인간이 드래곤을 잡을 수 있는 유일한 방법은 드래곤이 날아가지 못할 장소에 넣어두고 잡는 건데. 지금처럼 여기

저기 활개치고 다니는 드래곤을 잡을 수 있는 가능성은 0%야."

마지막 말로 쐐기를 박아넣는 레나.

네 사람, 그리고 레나와 최수민이 모이면 희망이 있을거라고 생각했지만 레나의 말은 오히려 사람들의 사기를 꺾어놓았다.

"레나님도 드래곤이니… 하늘에서 그 블루 드래곤을 땅으로 끌어내릴 수 있지 않나요?"

레나의 말대로라면 블루 드래곤을 땅으로 끌어내리기만하면 싸워볼 수는 있다. 물론 승산이 있다는 말은 아니지만.

하지만 레나를 빼고 여기 있는 다섯 명이라면 어떻게든될 것 같다는 생각을 가지고는 있었다.

"미안. 그 녀석이 나보다 조금 더 오래살아서 하늘에서일대일로 싸우면 내가 질 거야. 젠장. 나이만 많이 쳐먹은놈 같으니라고."

나이를 먹으면 늙어서 약해지는 인간과 달리 드래곤들은나이를 먹을수록 드래곤 하트에 더 많은 마나를 저장해서더 강해진다.

레나가 조금이라고 표현하긴 했지만 레나와 멜로스는 몇백년 이상의 나이차가 있었다.

아무리 날고 기어도 메꿀 수 없는 차이.

"그럼 바닥에 내려만 놓으면 되는 거 아니에요?"

이야기를 듣고 있던 최수민이 말을 꺼내었다.

내려다 놓는다고 해도 이길 수 있다는 보장은 없었다. 하지만 최소한 싸울 수는 있지 않은가?

"뭐 결과는 어떻게 될지 모르겠지만 내려놓고 충분히 상처를 입힌다면 날아서 도망간다고 해도 내가 쫓아가서 상대할 순 있겠지."

서로 전력을 다한다면 레나가 지겠지만 상처입은 멜로스라면 승산이 있을 것 같았다.

"그럼 제가 미끼가 될게요. 그리고 땅에 내려오는 순간 다 같이 공격을 하죠."

"어떻게 미끼가 되겠다는거지?"

"마법과 활을 동원해서 시선을 끌고 하늘에서 하는 공격을 피해내다 보면 짜증나서라도 내려오겠죠."

임동호와 다른 사람들과는 다르게 최수민에게는 그럴만한 능력이 있었다.

레나가 할 수도 있었지만 레나는 마지막에 도망가는 멜로스를 잡기 위해 힘을 아껴둬야하니 그 역할을 할 수 있는 사람은 최수민뿐.

"그건 안 돼. 브레스를 맞으면 너라도 무사하지 못할 거야."

최수민이 내놓은 전략을 레나가 극구 반대했다. 드래곤이 쏘아내는 브레스는 같은 드래곤에게도 치명적이다. 하물며 인간 상태의 최수민이라면?

"괜찮아요. 피할 수 있는 방법이 있으니까요."

하루에 5번 밖에 사용할 수 없지만 최수민에게는 블링크라는 마법이 있었다.

브레스가 아무리 강력하다고 해도 피하면 그만. 브레스를 하루에 5번 이상 사용가능하다면 문제가 된다. 하지만 트리어에 남겨진 흔적으로 봐서 브레스는 무제한적으로 사용할 수 있는 마법은 아닌 것 같았다.

"그래도. 브레스는…."

"걱정 마세요. 절대 맞지 않을 거니까요. 그것보다 멀쩡한 마을이나 찾으러 가죠. 아마 멜로스는 멀쩡한 마을에 다시 나타나겠죠."

레나는 최수민의 작전을 극구 반대했지만 최수민은 뜻을 꺾지 않았다.

최수민과 일행들은 멀쩡한 마을을 찾기 위해 지구로 돌아가 정보를 수소문했고 그나마 가장 가까운 바바라라는 마을로 이동했다.

"자 그럼 이제 여기서 기다려볼까요?"

최수민은 레나의 도움을 받아 마법을 강화하는 마법진을 바바라 여기저기에 설치하면서 언제 올지 모르는 멜로스를 기다리기 시작했다.

"어차피 마법 자체가 통할거라는 생각은 하진 않지만 없는 것 보다는 낫겠지."

"고마워요. 이젠 기다리는 일 밖에 남지 않았네요."

하지만 계획이 잘못 세워졌다는 것을 알게된 것은 바바라에 도착한지 일주일이 지났을 때였다.

◇

"뭔가 잘못되도 한참 잘못된 것 같아. 블루 드래곤은 바바라에 관심이 없는 것 같은데."

바바라에 머무르기 시작한지 어언 일주일째.

블루 드래곤은커녕 평화로운 마을 분위기가 지속되고 있었다.

NPC들은 드래곤에 대한 말을 계속하고 있었지만 마을은 평화로웠고 최수민과 일행들이 지키고 있다는 말에 능력자들은 바바라 주변에서 생활을 하기 시작했다.

"분명 트리어를 파괴한 이후의 흔적을 살펴보았을 때 트리어 주변을 공격하고 있다고 생각했는데 어떻게 된 거지?"

론디움을 기준으로 보자면 트리어는 론디움의 남부 지방.

트리어 주변에 있는 몇 개의 도시들이 파괴되었는데 그 도시들은 전부 론디움 남부 지방에 있는 도시들이었다.

그래서 당연히 다음 타겟은 남부 지방에 있는 도시가 될 거라고 생각했고 트리어에서 가까운 바바라에 자리를 잡은 건데.

"혹시 블루 드래곤이 노리고 있는 바가 있는게 아닐까요?

레나님 말처럼 블루 드래곤은 일반적인 몬스터가 아니니 무
작위로 공격했을 것 같지는 않은데….."

모두가 레나를 쳐다보았다. 아무래도 같은 드래곤이니
혹시 블루 드래곤의 생각을 알고 있지 않을까?

그러나 레나도 모르겠다는 듯 아무 말도 꺼내지 않았다.

왜 가까운 마을을 두고 다른 마을을 파괴하러 간 것인
가?

지금 파괴되고 있는 도시들은 론디움 남부뿐만이 아니라
동부, 서부, 북부 등 무작위로 분포되어있었다.

"적어도 론디움내에 위치를 따지는 것 같진 않네요. 분
명 드래곤이라는 걸 생각하면 도시들의 공통점이 있을 것
같은데요."

레나도 생각에 빠졌다. 멜로스에게 자신이 모르던 특이
한 취향이 있었나?

왜 여기저기 돌아다니면서 고생을 하는 거지? 어차피 파
괴가 목적이면 근처를 공격하면 될 텐데.

이 의문은 우연히 지나가던 두 능력자에 의해서 해결될
수 있었다.

"이 마을은 물약 파는 상점이 없어서 너무 불편해. 안전
하긴 한데 물약을 사려면 다른 마을까지 가야하니까."

"공간이동비도 공간이동비인데 물약 가격도 요즘 엄청
올랐잖아. 하필 드래곤이 습격한 마을마다 물약 상점이 있
는 마을이니까."

"그러니까. 큰 상처가 아니면 물약을 아끼게 된다니까. 능력자가 된 이후에 회복능력이 빨라져서 작은 상처들은 꽤 빨리 없어지긴 해도 큰 상처를 입으면 목숨이 위험하니까."

그렇게 말하는 두 남자의 몸에는 작은 생채기들이 많이 보였다. 물약을 마셨다면 깔끔하게 해결되었을 상처들인데 두 남자의 말대로 물약을 마시지 못해서 생긴 것이리라.

"저기요. 말좀 물읍시다. 지금 드래곤이 습격하는 도시가 물약 상점이 있는 곳들이라구요?"

임동호가 그 남자들에게 다가가서 단도직입적으로 물어보았다.

트롤의 재생력 능력이 있는 최수민과는 달리 다른 모든 능력자들은 사냥을 하기 위해 물약이 필수였다.

모든 공격을 피해낼 수 있는 것이 아니라서 몬스터들을 사냥하다보면 자연스럽게 몸에 상처가 쌓이기 마련.

고통도 고통이고 상처들이 많아질수록 싸우기도 불편해지니 물약은 필수.

사제들과 함께 가도 그들의 마나가 무한이 아니기에 물약은 모두가 가지고 다녀야할 론디움의 생필품이었다.

"네. 맞아요. 저희도 계속 물약값이 오르길래 한 번 알아봤더니 드래곤이 커다란 물약 상점이 있는 마을만 골라서 공격을 하고 있다고 하더라구요. 일주일 사이에 물약 값이 벌써 4배가 올라서 진짜 사냥을 이제 그만해야하나 싶더라구요."

"네. 감사합니다."

두 사람은 가던 길을 가고 임동호는 최수민과 일행들이 있는 곳으로 돌아왔다.

"젠장. 이거 완전 허를 찔렸어. 드래곤이 이렇게 영리하게 나올줄이야!"

지금 여기 있는 사람들이야 돈 문제가 없으니 물약값이 4배가 되든 10배가 되든 상관 없었다.

웬만한 몬스터들을 상대할 때 물약을 마실 필요도 없으니까.

그러나 다른 사람들은 달랐다. 물약 값이 부담되는 개인들이 사냥을 하지 않게 되면 몬스터들의 숫자가 늘어나고 그 몬스터들은 다 지구로 흘러가게 되는 것이다.

"그럼 커다란 물약 상점이 있는 가장 가까운 도시가 어디에요?"

"솔뱅, 모니카, 그리피스 젠장. 지금 생각해보니 전부 파괴된 도시잖아. 공통점이 여기 있었구나. 왜 미리 알아채지 못했지?"

가까운 물약 상점이 있는 마을을 떠올리다 보니 공통점을 쉽게 찾아낼 수 있었다. 물론 이미 늦어버렸지만.

"먼 곳이라도 물약 상점이 있는 도시로 이동하죠. 적어도 바바라보다는 거길 더 빨리 습격하겠죠."

"그래. 일단 알아보고 당장 이동하도록 하지."

으아아악!

살려주세요!

"무슨 일이야?"

떠나려고 하는 순간 갑작스럽게 들려오는 비명들.

멀지 않은 곳에서 들려오는 비명소리에 모두가 고개를 돌리니 그 곳에서는 처음 보는 몬스터들이 바바라로 밀려 들고 있었다.

빨간색 몸통의 거대한 개미, 그리고 노란색 몸통의 거대한 개미.

그리고 작지만 매우 빠르게 움직이고 있는 개미들까지.

빠르기도 빠르지만 그것보다 더 위협적인 것은 엄청난 숫자였다.

모래알처럼 빼곡하게 밀려드는 개미들은 바바라를 순식간에 둘러싸더니 마을에 들어와 NPC들과 능력자들을 공격하기 시작했다.

서걱.

최수민도 눈 앞에 다가온 빨간 거대 개미의 몸을 반으로 갈아놓았다.

푸우우욱.

갈라진 몸에서 뿜어진 피가 최수민의 팔에 닿았고,

[붉은 거대 개미의 피에 닿아 10초간 움직임이 30%느려집니다.]

"조심하세요. 이 놈들 피에 닿으니까 움직임이 느려져요."

요즘 들어 왜 이렇게 닿기만 해도 느려지게 만드는 놈들이 많은 거야?

마법사들이야 몬스터들과 닿을 일이 없으니 상관없지만 론디움에 마법사는 그렇게 많지 않다.

그 때문에 지금같은 몬스터들은 론디움에 있는 능력자들에게 치명적인 녀석들이었다.

가뜩이나 빠르게 움직이는 놈들인데 공격을 당하거나 피에 닿기만 해도 느려지게 하다니!

촤아악!

서걱!

빠른 움직임에 당황하며 힘들게 거대 개미들을 잡아내고 있는 다른 능력자들과 달리 최수민과 임동호, 레나, 그리고 일행들은 거대 개미들을 쉽게 잡아내고 있었다.

샤샤샤샥!

덩치가 작은 개미들 무리가 사방에서 최수민의 일행을 덮치기 위해 빠르게 다가왔다.

최수민의 일행의 몸에 꿀이라도 발라놓은 것처럼 어마어마한 숫자.

"익스플로전!"

그러나 레나가 미리 준비해놓은 마법을 사용하자 레나의 주변으로 거대한 불꽃들이 솟구쳐 오르기 시작했다.

퍼엉.퍼엉하는 소리와 함께 불꽃을 정면으로 맞은 개미들은 몸이 폭발하였고 불꽃 주변에 있던 개미들은 불꽃이 옮겨붙어 역겨운 냄새와 함께 타올랐다.

"이 녀석들 대체 어디서 나타난 거지?"

바바라근처에 개미들이 나타난다는 것은 아직까지 들어본 적이 없었다.

"봉인된 마법진이 하나밖에 남지 않아서 생긴 또 다른 이상현상인가?"

임동호와 배재준의 의문은 곧 해결되었다.

"저… 저건 또 뭐에요?"

하늘에 거대한 그림자가 생겨났다. 드래곤이라고 하기엔 작은, 그러나 평범한 새라고 하기엔 너무나 큰 그림자.

"설마… 여왕 개미인가?"

커다란 그림자의 주인이 땅바닥으로 내려왔고 그 즉시 바닥에 있던 두 명의 능력자가 여왕개미의 입으로 빨려들어갔다.

"으아악!"

"살려줘!"

빠드득. 두 사람의 뼈가 부서지는 소리와 함께 여왕 개미의 입이 바쁘게 움직이기 시작했고 이내 두 사람의 몸은 여왕 개미의 입 속으로 사라져 버렸다.

"저런 몬스터가 있었단 말인가? 이때까지 들어보지도 못했던 몬스터인데."

"저기 날개 부분을 봐. 약간 얼어 있는 것 같지 않아?"

자세히 보아야 겨우 보일만한 크기의 얼음 덩어리들이

여왕 개미의 날개 부근에 붙어있었다.

배 부근에도 얼음 덩어리들이 붙어있었고 여왕 개미 주변에 있는 거대한 개미들은 아예 신체의 일부가 얼어붙어 있었다.

족히 25미터는 넘어보이는 거대한 여왕 개미.

그리고 그 주변을 지키고 있는 개미들도 7미터정도의 거대한 덩치를 지니고 있었다.

"얼어붙어 있는걸 보니까 블루 드래곤이랑 싸운 것 같은데요?"

"아니야. 멜로스랑 싸웠다면 아마 여기까지 오지도 못했을 걸? 아마 멜로스가 공격하던 마을 주변에 있던 놈 같은데. 브레스의 여파로 저렇게 날개부근과 몸의 일부가 얼어붙은거고."

결국 여왕 개미도 멜로스 때문이라는 것.

아마 여왕 개미가 자리잡고 있던 곳을 멜로스가 공격했거나 자리를 잡았겠지.

이 놈의 드래곤은 정말 꼭 한 번 만나봐야겠다.

"그건 그렇고 저 놈 덩치를 보니까 블루 드래곤과 싸우는 예행 연습을 할 수 있을 것 같은데요?"

적당히 거대한 덩치, 그리고 날개도 달려있으니 날아다닐 수도 있다.

물론 블루 드래곤에 비해 지능은 떨어지겠고 마법도 사용하진 못할테지만 드래곤과 비슷한 체형은 가지고 있으니 좋은 연습 상대가 될 것 같았다.

"그건 그렇군. 좋은 생각인데? 당장 시작해볼까?"

임동호도 최수민의 생각에 동의했다. 하피와는 전혀 다른 비행형 몬스터인 드래곤을 무턱대고 상대하기보다는 비슷하게 생긴 여왕 개미로 연습을 하면 블루 드래곤을 상대로 조금이나마 승산이 생길 것 같았다.

"여왕 개미는 저 혼자 상대할게요. 어차피 블루 드래곤의 시선을 끌어야 하는 것도 저 혼자 해야할 테니."

"괜찮겠어?"

"뭐 그래봤자 커다란 개미죠. 드래곤처럼 마법을 쓰지도 못하고 브레스도 뿜어내지 못할테니 크게 걱정은 안해도 될 것 같아요."

마법도 브레스도 쓰지 못하는 녀석은 단지 덩치만 거대한 한 마리 몬스터일뿐.

그렇게 생각하며 여왕 개미가 있는 곳으로 달려가려고 마음 먹었는데 갑자기 여왕 개미가 무언가를 앞으로 뱉어내기 시작했다.

여왕 개미의 입에서 초록색 액체나 나오기 시작하더니 그것은 여왕 개미의 앞에 있던 지역에 뿌려졌다.

치이이익.

그리고 그 액체가 닿은 곳은 조금씩 녹아내리기 시작했다. 드래곤의 브레스보다 훨씬 약하고 범위도 좁지만 한 가지는 확실했다.

'정말 드래곤을 상대하기 전 연습 상대로 좋은 녀석이다!'

여왕 개미의 덩치, 그리고 방금 전에 보여준 여왕 개미의 공격을 보고 긴장할법도 했지만 오히려 최수민은 좋은 연습 상대라고 생각하며 오히려 전의를 불태웠다.

"그럼 제가 여왕 개미를 상대하는 동안 여러분은 주변에 있는 놈들을 좀 상대해주세요."

블루 드래곤을 상대하는 연습을 가정하기 위해선 완벽한 상황이 필요했다.

"그래. 그건 우리가 맡지. 하지만 이건 연습이야. 무리하지말고 도움이 필요하면 바로 말해."

"네. 알았어요."

말을 마친 임동호와 일행들은 최수민보다 먼저 여왕 개미가 있는 곳을 향해 달려갔다.

여왕 개미 주변을 지키고 있는 개미들의 시선을 끌어 최수민과 여왕 개미가 단 둘이 있을 수 있는 상황을 만들기 위해서 일부러 임동호는 평소보다 커다란 동작을 취하며 개미들을 공격하기 시작했다.

"자 그럼 나도 이제 한 번 가볼까?"

레나의 광역 마법으로 수 많은 개미들의 시선을 끌고, 다가오는 개미들은 임동호와 일행들이 하나씩 하나씩 베어나갔다.

순식간에 줄어들기 시작하는 개미들의 숫자.

여왕 개미를 지키기 위해 오히려 레나와 일행들을 공격하러 가는 개미들 덕분에 여왕 개미는 홀로 남게 되었다.

"썬더 스톰!"

아이스 계열의 마법은 블루 드래곤에게 전혀 데미지를 줄 수 없다는 것을 들었기에 최수민은 그 상황마저 가정하며 여왕 개미에게 마법을 사용했다.

빠지지직!

거대한 먹구름이 여왕 개미위에 몰려들더니 순식간에 여러갈래의 번개가 여왕 개미의 몸을 내려치기 시작했고

쉬이이익.

총알같은 속도로 도약한 최수민이 여왕 개미의 앞에 도착한 후 여왕 개미의 다리에 검을 박아넣었다.

푸우욱.

'이 녀석도 생각보다 껍질이 단단한데?'

한 번에 관통할 수 있을 줄 알았던 공격이 약간의 생채기를 내는 것으로 끝났다.

"캬아아악!"

작고 나약해 보이는 인간의 공격에 화가난 여왕 개미는 괴성을 지르며 앞 다리를 최수민을 향해 휘둘렀다.

◇

쿠웅.

여왕 개미의 앞 다리가 최수민이 서 있던 바닥을 내리찍었고 최수민이 서있던 자리에는 거대한 구덩이가 생겼다.

콰앙. 쿠웅.

25미터가 넘는 육중한 덩치에도 불구하고 연속해서 이어지는 여왕 개미의 공격.

거대한 덩치에 빠른 속도로 움직이는 여왕 개미의 공격은 최수민이 서 있던 자리를 마치 거대한 운석이 떨어진 것 같은 현장으로 바꾸었다.

푸욱.

빠른 공격들 사이에서 빈틈을 찾아낸 최수민이 여왕 개미의 다리에 검을 박아 넣었다.

'꽤 단단한데?'

잔뜩 마나를 머금고 있는 최수민의 검.

그 검으로 여왕 개미의 다리를 찔렀음에도 불구하고 완전히 관통하지 못했다.

깊숙이 박히지 못한 검을 다시 뽑아내자 여왕 개미의 몸에서 피가 뿜어져 나왔다.

거대 개미의 피를 맞았던 경험을 떠올리며 다리를 뒤로 빼며 피를 피하는 최수민.

여왕 개미의 피가 닿은 바닥에는 치이익하는 소리와 함께 연기가 피어올라왔다.

'대체 이런 피가 몸 속에 흐르는데 어떻게 살아있는 거지?'

"캬아악!"

다시 한 번 괴성과 함께 앞 다리를 크게 휘두르는 여왕 개미. 이번엔 단순히 위에서 찍어내리는 공격이 아니라 횡으로 길게 베어나가는 공격이었다.

까아앙!

수십 배가 넘게 차이나는 덩치.

최수민은 검을 들어 그 커다란 덩치에서 휘두르는 거대한 다리를 막아내었다.

최수민이 아닌 일반적인 능력자였다면 팔이 부러지는 것이 아니라 몸이 통째로 박살나도 모자랄 상황.

'로랜드 데몬의 물약이 아니었으면 팔이 아예 박살났을지도 모르겠는데?'

아무리 힘스탯이 높아도 덩치로는 수십배, 무게로는 수백배 이상이 차이가 나는 여왕 개미의 공격을 맨손으로 막아내자 최수민의 몸이 뒤로 밀려나며 균형을 잃었다.

"캬아악!"

최수민이 균형을 잃는 틈을 놓치지 않고 여왕 개미는 입안에서 초록색 액체를 뿜어냈다.

닿는 순간 땅을 완전히 녹여버렸던 그 공격. 이건 한 번 시험해본답시고 맨 몸으로 맞으면 큰일 나겠지?

반사적으로 땅을 굴러 여왕 개미의 초록색 액체를 피하자 그 곳에 바로 여왕 개미의 반대쪽 다리가 날아왔다.

까앙!

다시 한 번 여왕 개미의 공격을 막아낸 최수민은 1m정도 밀려났고 그 곳을 향해 여왕 개미가 또 다시 초록색 액체를 뿜어냈다.

최수민의 등 뒤에 많은 거대 개미들이 있었지만 여왕 개미는 그 녀석들을 전혀 신경쓰지도 않는 듯 했다.

여왕 개미의 입장에서는 자기를 지켜야할 거대 개미들이 자신을 지키지 못하고 있으니 신경을 쓰다기 보다는 불쾌한 상황.

최수민의 몸에 초록색 액체가 닿으려고 하는 찰나 최수민의 몸이 빛에 둘러싸이며 순간적으로 사라졌다.

서걱.

몸이 사라지는 순간 여왕 개미의 측면에 도착한 최수민이 도약하여 여왕 개미의 옆구리 부분을 검으로 길게 그었다. 찌르기가 제대로 먹히지 않은 다리 부분과는 달리 부드러운 푸딩을 칼로 자르는 것처럼 부드럽게 먹혀들어간 최수민의 공격.

최수민의 공격과 동시에 비명을 지른 여왕 개미는 몸을 틀어 다시 한번 최수민의 몸을 향해 초록색 액체를 뿜어냈다.

'뭐야? 이거 쿨타임도 없어?'

공중에 떠 있는 상태라 피할 수 있는 곳이 없었다.

번쩍.

이번에도 최수민의 몸이 여왕 개미의 시야에서 사라졌고 여왕개미는 반대쪽 옆구리에서 강한 통증을 느꼈다.

'젠장. 블루 드래곤도 이렇게 브레스를 막 사용하는 건 아니겠지?'

블루 드래곤을 상대할 때도 브레스는 블링크로 피하려고 했는데 여왕 개미녀석 이 초록색 액체를 너무 자주 뱉는 거 아냐?

그나마 다행인 것은 여왕 개미의 공격 패턴이 매우 단순하다는 점.

거대한 몸뚱이를 지탱하기 위해 다른 다리들은 두고 그저 제일 앞에 있는 두 다리만으로 공격하고, 그 두 다리의 공격을 피해내면 입에서 초록색 액체를 뱉어낸다.

'아무래도 블루 드래곤을 상대한다고 생각하는 것보다 그냥 덩치 큰 하나의 날벌레를 상대한다고 생각하는게 좋겠네.'

마법을 쓰는 것도 아니니 따로 긴장할 필요도 없었다.

다른 사람들에게는 위협이 될지 몰라도 최수민에게는 그저 빠르고 거대한 하나의 개미일뿐.

촤아악.

자신의 공격이 전혀 통하지 않자 위기감을 느낀 여왕 개미의 날개가 양쪽으로 길게 펼쳐졌다.

날개가 몸에 붙어있을 때도 거대했던 여왕 개미의 날개가 양 옆으로 펼쳐지자 몸뚱아리가 2배가량 커진듯한 착각을 불러일으켰고.

파르르르.

빠른 속도로 양 쪽 날개를 움직이기 시작하자 엄청난 바람이 여왕 개미 주변에 몰아치기 시작했다.

'일단 날개부터 잘라놓고 생각해야겠군.'

그러고 보니 드래곤도 땅으로 유인한 후에 날개를 자르면 되겠네!

날개가 펼쳐지고 파르르르 움직이는 동안 최수민은 여왕 개미의 옆구리를 타고 날개 부분을 향해 올라가기 시작했다.

여왕 개미의 옆구리 부분에 따로 잡을만한게 없었기 때문에 날개 부분까지 올라가기 위해 최수민은 검을 여왕 개미의 옆구리부근에 박아넣으며 클라이밍을 하듯이 여왕 개미의 몸을 타고 올라가기 시작했다.

"캬아악!"

단순한 공격이 아니라 무언가가 자신의 날개를 향한다는 것을 깨달은 여왕 개미가 괴성을 지르며 몸을 격하게 움직이기 시작했다.

여왕 개미에게 있어서 날개란 불리한 전장에서 벗어나게 해줄 수 있는 유일한 도구.

그런 만큼 날개를 향해 다가가고 있는 인간에게 극도의 경계심을 가질 수 밖에 없었다.

평소와 다른 여왕 개미의 괴성에 레나와 일행들을 상대하고 있던 거대 개미들이 모두 최수민을 향해 몰려들기 시작했다.

어라? 저것들 설마 여왕 개미 위에 있는 날 공격하겠어?

여왕 개미가 그들에게 중요한 존재인만큼 여왕 개미의 몸에 달라붙어 있는 자신을 함부로 공격할 수 없다고 생각한 최수민은 여유롭게 여왕 개미의 몸을 타고 올라가기 시작했다.

이게 또 대장을 잡는 묘미아니겠어?

촤르르륵!

어라?

뭔가 펼쳐지는 소리가 들린 것 같은데 잘못 들은 건 아니겠지?

무언가 이상한 소리가 들리는 것 같아서 뒤를 돌아보니 뒤에서 보이는 장면이 정말 장관이었다.

수백 마리가 넘는 거대 개미들의 등이 갑자기 펼쳐지더니 날개모양을 만든 것.

모양만 날개 모양이 아니라 그 녀석들이 순식간에 하늘을 날아서 최수민을 향해 달려들기 시작했다.

나비처럼 날아 벌처럼 쏜다는 말은 들어봤는데 이건 개미가 날아서 공격을 해오네.

최수민의 검은 여왕 개미의 몸을 등반하기 위해 여왕 개미의 옆구리에 박혀있는 상태이고 한 손은 그 검을 잡기 위해 묶여 있는 상황.

거대 개미들이 최수민은 공격하러 날아오고 있었지만 최수민이 여유롭게 사용할 수 있는 것은 왼팔뿐.

거대 개미들은 그 약점을 놓치지 않고 최수민을 향해 물밀 듯이 밀려왔다.

"체인 라이트닝!"

남아 있는 한 손으로 급하게 마법을 사용하며 거대 개미들을 상대했지만 거대 개미들의 숫자가 너무 많았다.

그나마 갑옷이 있는 상체부분은 괜찮았지만 머리부근이나 갑옷이 보호해주지 못하는 부분은 거대 개미들의 공격에 조금씩 데미지가 쌓이기 시작했다.

'이거 여왕 개미 등반을 포기해야하나?'

라고 생각하는 사이 레나와 일행들이 최수민을 돕기 위해 근처로 다가왔다.

"플레임 버스트!"

레나가 캐스팅을 완료하자 공중에 거대한 구체 모양의 불꽃이 생기기 시작하더니 순식간에 폭발하며 10마리가 넘는 거대 개미가 불에 타며 바닥으로 추락했다.

"뭐야? 저 놈들도 하늘을 날 수 있는 거였어?"

레나를 제외한 나머지 사람들은 공중을 날아다니는 녀석들을 공격할 방법이 없었기 때문에 닭 쫓던 개마냥 하늘을 쳐다볼 수 밖에 없었다.

"다들 여왕 개미한테 올라타! 우리도 녀석의 날개를 공격하자!"

그나마 빠르게 상황 판단을 한 레이첼이 소리쳤다. 하늘은 까맣게 채워버린 거대 개미들.

그 개미들 사이를 뚫고 최수민 혼자서 여왕 개미의 날개를 해체할 수 있을 것 같지 않았다.

임동호가 제일 먼저 여왕 개미에게 달려가 최수민이 붙어있는 오른쪽 옆구리가 아닌 왼쪽 옆구리 부분에 달라붙었고, 나머지 사람들도 달려가서 각자 여왕 개미의 거대한 몸에 달라 붙었다.

"떨어지지 않게 조심해!"

마땅히 잡을 것도 없는 여왕 개미의 옆구리부근.

게다가 여왕 개미의 날개가 거세게 움직이기 시작하자 거센 바람 때문에 균형을 잡기 힘들었다.

마치 안전장치가 없는 헬리콥터를 타는 기분.

이거 좋지 않은데?

당장 날개를 잘라내지 못하면 최수민과 일행들이 할 수 있는거라곤 여왕 개미의 몸에 붙어서 공중을 날아다니는 것 밖에 없었다.

그러다가 팔에서 힘이라도 풀리기라도 하는 날엔 땅에 쳐박혀서 죽고 말겠지.

거대 개미조차 밀어내는 바람. 최수민과 일행들의 몸이 거칠게 흔들리고 있었지만 최수민은 조금씩 여왕 개미의 날개를 향해 등반을 하기 시작했다.

거칠게 떨려오는 팔. 허리케인 속에서 클라이밍을 하는 듯한 느낌에 검을 잡고 있는 팔을 몇 번 놓칠뻔 했지만 결국 여왕 개미의 날개가 있는 등까지 올라가는 것을 성공했다.

저거만 잘라내면 된다 이거지?

여왕 개미의 등에 올라타는 순간 여왕 개미의 몸이 땅바닥에서 떠오르자 최수민은 순간적으로 중심을 잃으며 넘어져버렸다.

푸욱!

넘어지는 순간 여왕 개미의 등에서 떨어지지 않기 위해 여왕 개미의 등에 검을 박아넣자 다시 한 번 여왕 개미의 입에서 거친 비명이 터져나왔다.

"캬아악!"

이거 이 상태라면 날개가 있는 곳 까지 접근을 못하겠는데?

하늘로 떠오른 여왕 개미는 등에 타고 있는 승객하나, 그리고 옆구리에 매달려있는 승객들을 배려하지 않은 채 하늘을 날아다니기 시작했다.

거대한 몸뚱이를 하늘로 올려보내는데는 꽤 시간이 걸렸지만 한 번 하늘로 날아오르자 순식간에 땅과 멀어져버렸다.

최수민이 검에 몸을 맡긴 채 여왕 개미의 등에서 버티고 있는 동안 임동호와 파티원들이 하나 둘씩 여왕 개미의 등까지 기어서 올라왔다.

"이거… 상당히 높은데?"

아무리 높은 높이를 뛰어다니며 건물들을 넘어다닐 수도 있는 능력자들이라지만 아무런 안전 장치도 없이 하늘에 떠있자 본능적인 공포가 밀려왔다.

"저 날개를 잘라내는 것까지는 할 수 있을 것 같은데. 이 높이에서 떨어지면 저희가 무사할 수 있을까요?"

얼마나 높이 올라온걸까? 건물들이 마치 미니어처처럼 보이고 거대 개미들이 정말 평범한 개미처럼 작게 보일 정도였다.

"엘리베이터가 추락할 때 땅에 닿는 순간 점프하면 안전하다는 말이 있던데… 이 놈 위에서도 그러면 괜찮지 않을까?"

"무슨 헛소리를… 일단 저거나 자르자. 이 상태로 오래 못 버틸 것 같아."

여유롭게 대화를 나누는 것 같았지만 여왕 개미 등위에 있는 모두 여왕 개미의 등에 검을 박아넣은채 그것을 잡고 버티고 있었다.

"제가 갈게요."

거친 풍압 속에서 조금씩 조금씩 전진하는 최수민.

그리고 마침내 날개 앞에 도착한 최수민이 검을 휘둘러 여왕 개미의 오른쪽 날개를 내리쳤다.

단단하던 다리와 달리 부드럽게 잘려나가는 오른쪽 날개.

잘림과 동시에 여왕 개미는 괴성을 질렀고, 균형을 잃은 여왕 개미는 모든 감각을 상실한 듯 빙글빙글 돌면서 땅으로 떨어지기 시작했다.

브레이크가 고장난 8톤트럭처럼 엄청난 속도로 떨어지는

여왕 개미.

그리고 그 끝엔 단단해 보이는 흙바닥.

'여기서 죽는 건가?'

빠른 속도로 땅으로 떨어지는 사이, 최수민과 일행들 시야에 엄청나게 거대한 빨간색의 무언가가 보였다.

여왕 개미가 작아보이게 만들정도로 위압적인 크기.

그 거대한 것이 최수민과 일행들에게 다가왔고,

[여기로 뛰어 내려.]

그리고 최수민과 일행들의 머리 속에 레나의 목소리가 울려퍼졌다.

"갑시다."

최수민을 시작으로 하나 둘씩 여왕 개미의 등에서 레나의 등 위로 옮겨탔고, 한쪽 날개를 잃은 여왕 개미는 빠른 속도로 땅으로 떨어지더니 굉음과 함께 땅에 쳐박혀 버렸다.

휴. 땅에 떨어졌으면 우리도 저 꼴이 되었겠지.

형체조차 알아볼 수 없을 정도로 박살이 나버린 여왕 개미의 시체.

"아무래도 하나는 확실하네요. 드래곤의 등 위에 타는 건 안 되겠어요."

여차하면 드래곤의 등 위에 올라타서 드래곤의 위에서 드래곤을 공격하려고 했는데 지금 한 번 해보니 등 위에서 균형을 잡기조차 힘들 것 같았다.

[애초에 등을 내줄 정도로 약하지 않을 걸?]

"어라 저기서 뭔가 나오는 것 같은데?"

임동호는 여왕 개미가 떨어진 곳을 가리켰고 그 곳에서는 사람의 형체로 보이는 무언가가 여왕 개미 밖으로 기어 나오고 있었다.

8장. 블루 드래곤

8장. 블루 드래곤

쐐애애액.

이거 여왕 개미 위나 레나 위나 똑같잖아?

그나마 여왕 개미 위에서는 검을 등에 박아넣고 손잡이 대용으로 사용이라도 할 수 있었는데.

여왕 개미에서 나온 무언가를 확인하기 위해 레나의 등 위에 올라탄 최수민과 일행들은 레나와 함께 땅으로 내려가고 있었다.

거센 바람과 함께 레나를 붙잡고 내려가는 일은 만만치 않았다.

겨우 도착한 땅에는 여왕 개미에서 나온 무언가가 힘들게 땅을 기어가고 있었다.

쿠웅!

부드럽게 착지했지만 워낙 거대한 덩치다보니 엄청난 소리가 땅을 울렸다.

이거 거의 아파트에 날개를 달고 날아다니는 수준이잖아?

멀리서 멜로스가 빙하에 갇혀있는걸 보았을 때는 이렇게 큰지 몰랐지만 드래곤의 모습으로 변한 레나의 모습을 보자 새삼 드래곤이 얼마나 거대한 생명체인지 알 수 있었다.

그와 동시에 과연 블루 드래곤을 정말 상대할 수 있는 걸까 하는 생각이 들었고.

아무런 위해를 가하지 않는 레나인데도 덩치만으로 엄청난 위압감을 주는데 과연 적으로 상대하게 되면 어떻게 될까?

최수민과 일행들을 땅에 내려준 레나의 몸이 갑자기 다시 줄어들기 시작하더니 원래 최수민이 알고 있던 아름다운 여자의 모습으로 변했다.

그런데 옷은 어떻게 다시 생긴 거야?

"너희 인간들 때문에 우리 개미들이 모두 죽어야 하다니! 내가 죽더라도 너희가 죽는 날까지 너희를 지켜보겠다!"

여왕 개미에서 나온 사람의 형상을 하고 있는 그것.

여성의 형체를 가지고 있는 그 존재는 마치 아라크네를

보는 것 같았다.

다른 점이라면 아라크네는 인간형에서 거대한 거미로 변했지만 지금 눈 앞에 있는 녀석은 반대로 거대한 여왕 개미에서 인간형으로 변했다는 것 정도.

그건 그렇고 말이 좀 이상한데?

"우리는 마을에 있었을 뿐인데 너희가 습격해온 거잖아? 습격해온 주제에 우리를 원망하다니 말이 잘못되도 한참 잘못 된 것 같은데?"

마침 이동하려고 하던 찰나 마을을 습격해온 때아닌 거대 개미군단.

아마 최수민과 일행들이 없었다면 바바라는 거대 개미들에 의해 사라졌을지도 모른다.

"우리는 단지 블루 드래곤에 의해 잃어버린 거주지를 대체할 다른 장소를 찾고 있었다. 그런데 너희 인간들이 우리를 공격해온 것이다."

역시 날개와 몸 여기저기 남아있던 냉기와 얼음들은 예상대로 멜로스의 것이었나?

"인간들이 공격했다고? 그건 당연한 것 아닌가? 애초에 너희 몬스터들이 우리를 공격했으니 우리가 너희를 발견하면 공격하는 거잖아."

억울하다는 듯이 말하고 있는 여왕 개미.

그러나 인간의 입장에서는 전혀 받아들일 수 없는 말이었다.

"이 대륙에는 인간들이 존재 하지 않은지 오래되었다! 그런데 갑자기 인간들이 나타나 우리들을 공격하기 시작했고 우리는 인간들과 싸우고 싶지 않아서 인간들이 오지 않는 먼 곳으로 이동했다."

임동호와 다른 사람들은 전혀 모르는 이야기였지만 레나와 최수민은 여왕 개미가 하는 말을 알 수 있었다.

마족에 의해 인간들은 멸망했고, 남은 사람들은 지하로 가서 살고 있었다.

물론 그 인간들마저 다 죽어버렸지만.

말하자면 인간들이 사라진 몬스터들의 천국이었는데 어느 순간부터 능력자라고 하는 인간들이 론디움에 들이닥친 격.

"그런데 이동한 이후에 블루 드래곤 때문에 살던 곳을 포기하고 이동하고 있었다?"

"그렇습니다."

레나가 여왕 개미의 말을 요약해서 다시 되물어보자 여왕 개미는 최수민과 임동호에게 대답했던 것과 다르게 아주 공손하게 대답하였다.

"그럼 계속 이동하지 왜 인간들이 살고 있는 곳을 건드려?"

"방금 전에 말씀 드린 것처럼 인간들이 저희를 먼저 공격했습니다. 그리고 그 인간들이 그 마을로 도망을 간 것입니다."

인간들이 먼저 공격을 했다라.

능력자들이 몬스터들을 공격하는 것은 한 두 번이 아니니 당연한 일인데 지금 여왕 개미는 너무 억울하다는 듯이 말을 하고 있었다.

생각해보니 여왕 개미가 만만한 상대가 아니다. 여왕 개미가 혼자 있는 것도 아니고 거대 개미들이 둘러싸고 있는데 그 곳을 공격을 했다?

그리고 그 이후에 마을까지 도망을 가다니. 그 정도라면 분명 꽤나 실력이 있는 사람인데.

"혹시 아까 마을에서 개미들이랑 싸울 때 특출나게 잘 싸우던 사람이 있었어요? 아니면 잘 싸우는 무리들이 있었다거나?"

그런 사람들이 있었다면 분명히 눈에 띄었겠지.

최수민은 여왕 개미를 상대하느라 주변을 돌아볼 여유가 없었지만 다른 사람들은 분명히 그럴 여유가 있었을 터.

"아니. 그런 사람들은 전혀 보이지 않았는데?"

뭔가 냄새가 난다.

마을까지 몬스터를 유인해온 후 지구로 돌아간 건가? 이건 충분히 가능한 이야기.

근데 무엇을 위해서? 굳이 마을에 있는 능력자들을 죽여야만 할 이유가 있었던 건가?

"여왕 개미의 말을 듣다보니 뭔가 이상한데… 누가 일부러 여왕 개미와 거대 개미들을 바바라에 끌고 온거 아닐까요?"

"일부러 바바라에 끌고 왔다고? 그렇다고 쳐도 왜 하필 바바라지?"

"그거야 지금부터 생각해봐야할 문제구요. 하여튼 제 생각은 그래요."

최수민의 말에 생각에 잠긴 임동호.

드래곤과 싸워야 하는 지금 누가 다른 능력자들을 공격한단 말인가?

힘을 합쳐서 드래곤과 싸워도 모자랄 판에 혹시 김진수가 뒤통수를 때린건가?

"혹시 그 인간들이라는 녀석들의 눈이 빨간 눈이었나?"

"마족이 아닌 인간이 빨간 눈을 가질 수도 있나?"

"아니면 그 녀석들의 특징이라도 있는건가?"

"너희 인간들은 우리 개미들을 구분할 수 있나?"

한 마디로 모른다는 소리구만. 개미한테서 얻을 수 있는 정보는 없는 것 같고.

혹시 이규혁인가?

몬스터들을 몰고 다니는 녀석이니 먼저 여왕개미를 공격한다던가 하는 번거로운 일을 하지는 않았겠지.

그러니 이규혁은 용의선상에서 제외.

"혹시 누구한테 원한산 거 있어요?"

"내가?"

평소 임동호의 행실을 보면 원한을 살 것 같지는 않지만. 나도 특별히 원한을 샀을 것 같지는 않은데. 내가 자유 길드에 원한이 있으면 모를까.

여러 가지 생각의 꼬리의 꼬리를 물고가다 보니 갑작스럽게 스쳐가는 생각.

"혹시 총군 연합에서 이런 것 아니겠죠? 에이, 설마 오베르토가 아무리 미쳤어도 이런 짓까지…."

"진짜 그럴 수도 있겠는데? 능력자들의 세상을 만들겠다며."

능력자들의 세상을 만들겠다면서 왜 우리를 공격하는 거지? 라고 생각하는 순간 레이첼이 답을 내어 놓았다.

"그들만의 능력자 세상이지 그 놈들한테 반대하는 녀석들을 위한 능력자 세상은 아니잖아. 그 녀석들 눈에는 우리는 단순히 제거해야 할 대상이겠지."

이제야 명확해진다. 그 놈들 입장에선 최수민과 일행들은 단순히 제거해야 할 반군 같은 존재.

"이 자식들이 블루 드래곤이 설치는 틈을 타서 우리를 공격해보겠다? 힘을 합쳐도 모자랄판에?"

"그 놈들 입장에서는 우리가 더 위험하다고 생각한거겠지. 능력자들이라고 다 제정신이 박혀있는게 아니니까."

총군 연합이 맞다는 걸로 이야기가 흘러가자 다들 표정이 심각하게 변했다.

블루 드래곤만 해도 벅찬 상대일게 분명한데 훼방을 놓으려고 하는 놈들이 있다니.

"총군 연합부터 정리해야하는 건가? 마침 그 놈들의 이미지가 완전 박살이 났으니 총군 연합을 건드려도 별 일은 없을 것 같지만."

오베르토의 동영상이 공개된 이후 총군 연합은 그야말로 세상에 있는 모든 언어로 욕을 들어먹고 있는 상태였다.

그와 반대로 최수민의 인기는 절정을 달리고 있는 상황. 정말 배재준의 말대로 총군 연합을 정리해버려도 문제가 없을 것 같았다.

"아직은 안 돼. 비록 총군 연합이 미친 짓을 하고 있다지만 우리만으로 전 세계에 등장하는 몬스터들을 상대할 수 없어."

전 세계적으로 퍼져나가는 몬스터들.

총군 연합은 그야말로 필요악이었다. 자신들이 필요하다는 걸 알기에 마음껏 설칠 수 있는 놈들.

"하지만 제거할 수 있는 변수는 줄여야지. 블루 드래곤을 막지 못하면 모두가 끝이야."

"젠장. 그 때 그 동영상을 퍼뜨린 게 더 큰 화살이 되어서 돌아왔네요."

동영상 하나로 모든 걸 총군 연합을 끝낼 수 있을거라고 생각했는데 오베르토는 생각보다 더 영악한 놈이었다.

다른 사람들의 목숨을 담보로 이렇게까지 행동할 생각을 하다니.

"일단 블루 드래곤이 다음 번에 습격할 것 같은 마을로 이동하자. 적어도 이동 경로를 파악할 수 있을 때 잡아야지."

"그래. 그 놈들도 블루 드래곤을 보면 생각을 바꿀지도 모르지."

총군 연합이라는 커다란 장애물과 함께 블루 드래곤을 상대해야 한다는 생각에 눈앞이 캄캄했지만 최수민과 일행들은 가까운 물약 상점이 있는 마을을 향해 이동했다.

◇

최수민과 일행들이 향하고 있는 후레시아.

후레시아에 있는 가장 커다란 건물에 오베르토를 비롯한 많은 사람들이 건물을 가득 채우고 있었다.

모두가 각자의 무장을 한 채로 당장이라도 싸우러 갈 것 같은 모습.

최수민의 생각과 다르게 총군 연합은 블루 드래곤을 상대하는 것을 방해하려고 하는 것이 아니라 자신들이 블루 드래곤을 잡아내려는 생각을 하고 있었다.

그 중 안절부절하지 못하며 한쪽 다리를 격하게 떨고 있던 오베르토의 맞은 편에 서 있던 사람이 입을 열었다.

"일단 거대 개미들을 바바라로 보내는 건 성공했습니다."

한 사람이 입을 열자 다른 사람들의 입도 하나 둘씩 열리기 시작했다.

"정말 우리가 블루 드래곤을 잡을 수 있을까요? 이때까지 보지도 못했던 마법을 사용하고 입에서 뿜어내는 브레스를 맞으면 아무리 생명력이 높은 탱커라도 버티지 못한다고 하던데…."

"블루 드래곤은 그 놈들이 처리하게 두고 차라리 다시 협상해보는 것이 어때요?"

오베르토의 생각에 동의하고 능력자들의 세상을 만들기 위한 총군 연합원들.

"그 놈들이 블루 드래곤마저 잡게 되면 이제 우리 총군 연합이 설 자리가 없다. 우리가 잡아야 한다."

불안한 사람들을 이끌기 위해서 오베르토가 말을 꺼냈다.

블루 드래곤이 아무리 강하다고 해도 이 많은 사람들을 이길 수 있을까?

지금 후레시아에 있는 사람들은 총군 연합에서 가장 강한 사람들이었다.

500레벨 후반에서 600레벨대까지 분포한 200명이 넘는 사람들.

이 사람들이라면 블루 드래곤도 잡을 수 있을 것이다라는 생각이 오베르토의 머릿속에 가득차있었다.

제아무리 거대하고 강해도 결국 몬스터는 몬스터. 블루

드래곤에 대한 정보를 들어왔지만 결국 몬스터라는 사실은
변하지 않는다.

"그렇지만… 아무리 그래도 블루 드래곤은 무립니다. 차
라리 최수민과 일행들이 블루 드래곤을 잡으려고 할 때 지
구에 등장하는 몬스터를 잡으면서 이미지를 회복하는 것
이…."

"이미 늦었어. 그건 우리가 당연히 해야 하는 일로 보여
질뿐이야. 우리 손으로 블루 드래곤을 잡아서 총군 연합의
이미지를 회복해야한다. 내가 제일 앞장 서겠다."

오베르토의 말에 사람들의 불안감이 조금씩 사라지기 시
작했다. 왠지 모르지만 오베르토의 말에는 사람들을 이끄
는 강렬한 기운이 있었다.

총군 연합을 처음 만들때도, 능력자들의 세상을 만들자
고 할 때도.

다른 사람이 말했다면 전혀 먹혀들지 않았을 말이지만
오베르토에게서 느껴지는 묘한 매력이 있었다. 그 것이 오
베르토의 스킬중 하나였다는 것을 아는 사람은 아무도 없
었지만.

"한 번 해봅시다. 저희도 그 놈 못지 않게 강하다는 것을
보여줘야죠. 저도 총군 연합이 욕먹고 있는 모습을 더 이상
보고만 있을 수 없어요."

"어차피 그 놈도 몬스터 아닙니까? 수백 수천마리를 잡
아왔는데 커다란 몬스터일뿐. 저희가 잡아봅시다."

두려움에 빠져있는 사람들 중에서 잡아보자는 목소리가 하나씩 들리기 시작했다.

혼자였다면 시도조차 하지 못했을테지만 서로가 서로를 잘 알고 있었다.

적어도 모두가 제대로 된 한 사람의 몫을 해줄 것이라는 것을.

쾅.

급하게 열리는 문, 그 문 밖에서 여자 한 명이 숨을 헐떡이며 말을 꺼내었다.

"그 놈이 나타났어요! 여기로 날아오고 있다고 합니다!"

한 눈에 보기에도 거대한 드래곤이 후레시아를 향해 빠른 속도로 날아오고 있었다.

그 거대한 덩치에 맞지 않게 어마어마한 속도로 날아오고 있는 블루 드래곤.

"모두들 흩어져. 뭉치면 죽는다."

오베르토는 브레스에 대해서 많이 들어왔기에 브레스의 위력을 잘 알고 있었다.

하늘에서 날아오는 거대한 빛. 그 빛을 맞는 순간 사람이 흔적도 없이 사라지며 땅은 갈라지고 그 주변 땅은 모두 얼어버린다.

"그런데 저 놈 땅에 어떻게 내려오게 하나요?"

"블루 드래곤에게 파괴된 마을을 봤을 때 발자국을 본 적이 없는 것 같은데…."

하늘 높이 날고있는 드래곤을 보자 다시 한 번 드래곤을 잡을 수 있는지에 대한 현실적인 문제가 제기되기 시작했다.

다들 용기를 얻어서 나오긴 했지만 용기만 있다고 해서 해결될 문제가 아니었다. 론디움에 다른 능력자들의 비율과 비슷하게 총군 연합에도 마법사의 숫자는 많지 않았다.

드래곤이 하늘을 날아다닌다는 것을 알고 30명이 넘는 궁수를 준비했건만 도저히 화살이 닿을 것 같지 않았다.

"아무리 봐도 저기까지 화살이 닿을 것 같지는 않은데요?"

대충 눈으로 확인해도 엄청난 높이에 떠있는 드래곤. 이건 활이 아니라 대공포정도는 들고 와야 간신히 맞출 수 있을 것 같았다.

"일단 쏴. 시도라도 해봐야지."

오베르토가 보기에도 드래곤은 어마어마하게 높이 떠있었다. 하지만 길고 짧은건 대봐야 하는 법.

궁수들은 시위에 화살을 건 후에 하늘을 향해 화살을 쐈다.

푸슝. 푸슝.

수십 발의 화살이 하늘로 향했지만 하늘로 향하던 화살은 중력을 이기지 못하고 이내 땅으로 다시 떨어지고 말았다.

"제길 드래곤이 거들떠보지도 않는군. 대체 얼마나 높은 곳에서 날고 있는 거야?"

자신을 향해 날아온 공격이 전혀 닿지도 못했기에 드래곤은 아무런 반응도 하지 않았다. 단지 하늘에서 총군연합원들을 바라만 보고 있을뿐.

"마법사들 준비해. 어떻게든 드래곤이 가까이 오게 만들어서 활을 쏠 수 있게 만들어."

그 모습을 바라본 오베르토가 마법사들에게 소리쳤다. 어떻게든 드래곤을 땅에 내려놔야 상대를 할 것 아닌가?

"네. 시간이 조금 필요합니다."

오베르토의 말이 끝나자 8명 남짓한 마법사들이 마법을 캐스팅하기 시작했다.

마법까지 사용한다고 알려진 드래곤에게 자신들의 마법이 통할까? 하는 의문이 들기도 했지만 자신들도 600레벨이 넘는 마법사들.

이 때까지 마법으로 죽인 몬스터만해도 족히 만 마리가 넘어간다. 어떻게든 드래곤을 떨어뜨려 놓을 수 있을 것 같았다.

[크아아아악!]

마법사들이 캐스팅을 시작하며 마나가 마법사들에게

모여들기 시작하는 것을 느낀 블루 드래곤이 포효하기 시
작했다.

서벨리 빙하에 있던 사람들의 움직임을 완전히 멈춰버렸
던 그 울음 소리.

드래곤 피어로 인해 순식간에 공포에 빠져든 4명의 마법
사. 그나마 4명의 남은 마법사들은 간신히 캐스팅을 이어
가고 있었다.

"정신차려! 너희의 역할이 중요하다!"

마법사 말고는 하늘을 쳐다볼 수 밖에 없는 상황.

[크아아아악!]

그리고 다시 한 번 울려퍼지는 드래곤의 울부짖음.

이번엔 마법사뿐만 아니라 화살을 시위에 걸고 있던 궁
수들마저 다리가 풀리며 하나씩 주저앉기 시작했다.

그나마 레벨이 높은 사람들은 제 자리에 버티고 서있었
지만 오베르토와 몇 명을 뺀 나머지사람들은 모두 제정신
이 아니었다.

침을 흘리는 사람, 온 몸을 떨고 있는 사람.

아직까지 드래곤의 모습을 보지도 못했는데 단지 울음소
리만으로 이런 일이 벌어지다니.

'제길. 그나마 처음에 흩어지라고 말을 해놓아서 다행이
군.'

애초에 브레스를 피할 수 있을거라는 생각을 하지도 않았
지만 직접 블루 드래곤을 마주하고나자 브레스를 피한다는

것이 얼마나 헛된 생각인지 알 수 있었다.

"모두 피하세요!"

하늘 높은 곳에서 마나가 블루 드래곤쪽으로 집중 되고 있는 것을 알아차린 마법사가 캐스팅을 멈춘채 모두에게 소리쳤다.

아직까지 직접 본적은 없지만 이 정도로 마나가 모이고 있다는 것은 십중팔구 브레스.

그러나 마법사의 경고에도 몸이 얼어붙은 사람들의 발은 쉽사리 떨어지지 않았다.

"브레스가 날아올지도 모른다구요! 얼른 흩어지세요!"

마법사의 외침과 동시에 하늘에서 날아오는 파란색 광선.

콰콰콰쾅!

눈 깜빡할 사이에 굉음과 함께 충군 연합원 5명이 순식간에 사라져버렸고 그 주변에 서있던 8명의 다리가 빠르게 얼어붙어갔다.

드래곤 피어로 인해 움직이지 못하던 사람들은 브레스라는 엄청난 공격덕분에 공포에서 벗어나 주변을 살펴보았다.

5명의 동료는 시체조차 남기지 못하고 사라져버렸고 빠르게 다리부터 얼어붙어가는 8명의 사람들에게 다가가자 그들은 고개를 저었다.

"안 돼. 오지마. 너희까지 얼어붙는다."

"젠장! 복수를 해야하는데 공격할 방법조차 없다니!"

브레스를 쏜 후에도 여유롭게 하늘 높은 곳에서 날아다니고 있는 블루 드래곤.

하늘을 날아다닐 수 있는 방법이 있는 것이 아니고서야 도저히 블루 드래곤을 공격할 방법이 없었다.

"다시 마법 캐스팅을 시작해! 어떻게든 저 녀석을 끌어내린다."

이렇게까지 무기력했던 적이 있었던가? 겨우 하늘을 날아다니는 커다란 몬스터라고 생각했는데. 어떻게든 땅에 내려놓기만 하면 잡을 수 있을거라고 생각했는데 땅에 내려놓을 방법 자체가 존재하지 않는다.

"네. 아까 말한 것처럼 시간이 좀 걸립니다."

"바로 사용할 수 있는 것 없어? 지금 시간을 지체하다가 아무 것도 못하고 다 죽을 판인데."

"간단하게 사용할 수 있는 마법도 있지만 저 높이까지 닿을지… 게다가 간단한 마법으로 전혀 피해를 주지 못할 것 같아서요."

"피해를 주지 못해도 되니까 사용해! 신경이라도 긁어서 어떻게든 땅에 내려놓기만 하면 된다고!"

"알겠습니다. 당장 사용하도록 하죠."

평소답지 않게 화를 내며 말하는 오베르토의 말이었지만 마법사도 사정을 알고 있었기에 오베르토의 말대로 간단하게 사용할 수 있는 마법을 캐스팅하기 시작했다.

높이 떠있는 블루 드래곤 위에서 거의 보이지도 않는 미량의 마나들이 블루 드래곤을 찌르기 시작했다.

아주 약한 바람, 그리고 얼음 마법, 화염 덩어리.

드래곤의 몸에 상처를 입히기에는 너무나도 약해보이는 마법들이 드래곤을 자극하기 시작하자 드래곤이 반응을 하기 시작했다.

블루 드래곤 주변에 생기기 시작하는 거대한 얼음 덩어리들. 하나하나가 최소한 드럼통만한 크기로 만들어지기 시작했다.

"간단한 마법이라고 생각했는데 이 정도 마법이라니? 대체 얼마나 강한 마법을 사용하려고 했던 거야?"

자신의 생각보다 훨씬 강력해 보이는 마법이 시전되고 있는 모습을 보자 미소를 띄고 있는 오베르토의 얼굴과 달리 마법사의 얼굴은 굳어가기 시작했다.

"뭐야? 혹시?"

마법사가 말을 꺼내지 않았지만 마법사의 얼굴표정만 보아도 마법사가 무엇을 말하려고 하는지 알 수 있을 것 같았다.

대지를 얼려버리고 주변에 있는 사람들을 얼려버릴 정도로 강력한 브레스를 사용했던 블루 드래곤.

그렇다면 저 얼음 덩어리들도 블루 드래곤이 사용하는 것이 분명했다.

"도… 도망쳐! 이건 우리가 상대할 수 있는 수준이 아니다!"

브레스 한 번, 그리고 지금 블루 드래곤이 준비하고 있는 마법.

그 두가지를 보았을 뿐인데 순식간에 견적이 나왔다. 블루 드래곤을 땅으로 끌어내린다는 전략 자체가 애초에 잘못된 전략이었다.

'이때까지 파괴되었던 마을들에 발자국이 없었던 이유는 땅에 내려오지 않아도 충분히 마을을 파괴할 수 있었기 때문이구나.'

마을에 새겨져 있는 상처는 대부분 브레스로 만들어진 길 하나, 그리고 파괴된 건물들의 흔적.

파괴된 건물들은 드래곤의 거대한 다리로 밟아서 부순것이라고만 생각했는데 그게 아니었다.

"지구… 지구로 돌아갈 수가 없어요!"

"뭐라고? 마을인데 왜 돌아갈 수가 없는 거야?"

"아무리 시도해도 돌아갈 수가 없습니다."

"젠장… 설상가상이군."

준비해왔던 모든 가정이 박살나는 순간이었다. 블루 드래곤을 혹시나 상대하지 못할 상황이라면 도망갈 수 있도록 마을에서 준비를 하고 있었는데 그것마저 할 수 없게 되었다.

"탱커들이 마법사랑 궁수를 지키고 나머지는 떨어지는 걸 피하던지 막아내던지 해!"

오베르토의 말이 끝나자마자 하늘에 생성된 거대한 얼음

덩어리들이 하나씩 하나씩 땅으로 떨어지기 시작했다.

하늘에 있을 때도 거대해 보였지만 땅에 가까워질수록 더 커다란 얼음덩어리가 땅에 부딪히자 운석이 떨어지는 것처럼 크레이터를 만들어냈다.

땅에 쳐박힌 얼음덩어리는 순식간에 박살이 나며 날카로운 얼음 파편들을 사방으로 날려보냈다.

푸욱

그 중 하나가 오베르토의 팔을 긁으며 지나가서 뒤에 있는 건물에 박혔다.

'제기랄! 공격은커녕 블루 드래곤을 상대로 버티는 것도 힘들군.'

오베르토는 거대한 얼음 덩어리가 떨어지는 것을 피하고 있었지만 마법사와 궁수들을 지키고 있는 탱커들의 상황은 달랐다.

날카로운 얼음에 여기저기 베여버린 상처로 가득한 그들은 아직까지 마법사와 궁수들에게 희망을 걸고 지키고 있었다.

[크아아악!]

갑자기 울려퍼지는 블루 드래곤의 비명.

이번에 들려오는 소리는 포효가 아니라 그야말로 비명이었다.

오베르토가 고개를 들어 블루 드래곤을 쳐다보자 블루 드래곤의 등 위에서 거대한 얼음덩어리가 내려와 블루 드래곤의 등을 강타하였다.

'뭐지? 드래곤이 실수를 한 건가? 왜 자기의 등을?'

[크아아악!]

다시 한 번 울려퍼지는 비명 소리.

분명히 이건 비명소리가 맞았다. 포효하던 때와 달리 연합원들은 미동도 하지 않았다.

'대체 무슨 일이지?'

블루 드래곤을 공격한 사람을 찾기 위해 두리번 거리던 오베르토의 시야안에 최수민이 들어왔다.

블루 드래곤의 힘을 보기전이었다면 방해꾼이 왔다고 생각했겠지만 지금은 그야말로 천사가 내려온 것이나 다름없었다.

"도와주세요!"

그리고 최수민을 바라보며 할 수 있는 한 가지 말이 자연스럽게 오베르토의 입에서 튀어나왔다.

맑은 하늘에 떠 있는 거대한 점 하나.

그것이 최수민이 후레시아에서 처음 본 광경이었다.

그 거대한 점 위에서 거대한 얼음덩어리들이 빠르게 땅으로 떨어지고 있었고 그 얼음덩어리들은 가공할만한 위력을 보여주었다.

"배리어."

날아오는 파편들은 레나가 펼친 배리어에 모두 막혔고 그제서야 하늘을 다시 살펴보자 그 곳에는 거대한 덩치의 블루 드래곤이 있었다.

블루 드래곤의 마법이 향하고 있는 곳에 서있는 사람들은 누구지?

자세히 보니 오베르토의 얼굴이 보였다. 총군 연합이 왜 여기에?

"어떻게 총군 연합원들이 여기 있는지는 몰라도 우리를 방해할 생각은커녕 살아남기도 힘들 것 같네요."

총군 연합원들의 방해를 예상하고 왔건만 오히려 지켜줘야할 것 같이 불쌍해보였다.

하늘에서 떨어지는 마법을 막아내기만 할 수 밖에 없는 그들의 모습.

"오히려 잘 됐네. 이왕 이렇게 된 거 저놈들에게 시선이 분산되었을 때 강력한 마법을 준비해서 한 방 먹이자."

"네. 이왕이면 날개를 뜯어놓을 수 있는 마법이면 좋을 것 같은데."

"꿈 깨. 그런 마법은 없어. 있더라도 드래곤한테는 그만한 피해를 못 줄 거야."

"어차피 총군 연합에 시선이 팔려있으니 레나도 같이 마법을 사용해요."

그렇게 두 사람은 총군 연합원들이 드래곤의 마법에

속수무책으로 당하고 있는 틈을 타서 거대한 마법을 준비하기 시작했다.

블루 드래곤이 눈치챌법도 했지만 당장 눈 앞에 있는 인간들에 정신이 팔린 상황이라 거대한 마법이지만 블루 드래곤에게 들키지 않은채 캐스팅을 완료했다.

"미티어 스트라이크!"

"아이스 스파이크!"

최수민이 사용한 아이스 스파이크가 먼저 블루 드래곤의 등 위에서 발동했다. 거대한 얼음 덩어리가 생기더니 그대로 블루 드래곤의 등을 강타.

그러자 블루 드래곤의 입에서 비명소리가 터져나왔다. 블루 드래곤의 마나를 가지고 있는 최수민이 사용한 마법이었기에 블루 드래곤은 아예 최수민의 얼음 덩어리라는 것을 눈치채지도 못했다.

[크아아악!]

비명 소리를 지르며 마법을 사용한 사람을 찾기 위해 고개를 이리저리 돌리는 블루 드래곤.

블루 드래곤 위의 하늘이 갑자기 까맣게 변하기 시작하더니 그 속에서 거대한 운석들이 떨어지기 시작했다.

쾅!

엄청난 소리와 함께 운석 중 일부가 블루 드래곤의 등과 머리를 강타하자 블루 드래곤의 입에서 다시 한 번 비명이 터져나왔다.

"그럼 제가 이제 본격적으로 시선을 끌테니 다들 다른 곳으로 피해있으세요!"

최수민은 말을 마치자 마자 총군 연합 사람들이 있는 곳과 정반대 방향으로 뛰어가며 블루 드래곤을 향해 마법을 난사하기 시작했다.

위력은 없지만 시선은 끌기 좋은 마법들. 마치 모기가 날아다니는 것처럼 귀찮게 시선을 끌자 블루 드래곤의 시선이 드디어 최수민을 향하기 시작했다.

[크아아아악!]

계속되는 최수민의 마법에 얻어터진 블루 드래곤이 하늘에서 포효하기 시작했다.

다시 한 번 자리에 주저 앉는 대부분의 총군 연합원들.

하지만 총군 연합원들과 다르게 임동호를 비롯한 사람들과 최수민과 레나는 아무런 반응을 하지 않았다.

최수민과 레나는 드래곤이니 당연히 드래곤 피어에 반응하지 않았지만 드래곤 피어에 반응하지 않는 임동호와 일행들의 정신력도 어마어마했다.

"내려오려나?"

꽤 강한 마법인데 설마 안내려오고 배기겠어? 누가 공격했는지 보기라도 해야할 거 아냐.

"브레스야. 조심해!"

그러나 최수민과 다르게 블루 드래곤은 자신을 공격한 존재에 대해 전혀 관심이 없어보였다.

단지 브레스를 사용해서 자신을 공격해온 사람을 단숨에 없애버릴 생각뿐.

블루 드래곤의 주변에 있는 마나가 순식간에 블루 드래곤의 입주변으로 모여들기 시작했다.

쿠우우웅.

하늘 높은 곳에서 마나가 모여드는 소리가 땅까지 들릴 정도로 울려퍼졌고 곧 블루 드래곤이 입을 열었다.

"아이스 스피어!"

최수민은 순식간에 캐스팅을 마친 후 얼음으로 만들어진 10개가 넘는 창을 소환했고 입을 벌리고 있는 블루 드래곤을 향해 빠르게 던졌다.

쐐애애액.

공기를 가르며 엄청난 속도로 날아가는 얼음창들이 블루 드래곤의 입 앞에 도착할 때 블루 드래곤의 입에서 빛이 뿜어져 나왔다.

순식간에 증발해버리는 얼음창들. 그리고 그 빛은 눈 깜짝할 사이에 최수민이 서 있던 곳을 초토화시켜버렸다.

최초로 한 마을에 브레스가 2번이나 사용된 상황. 그 덕분에 후레시아에는 마을을 가로지르는 두 갈래의 거대한 직선이 생겼다.

"최수민!"

최수민이 서있던 곳에서 최수민의 흔적을 찾아볼 수 없자 레나가 소리쳤다.

마지막에 자신에게 시선을 끌기 위해 아이스 스피어를 사용하고 브레스를 몸으로 막으려고 했던걸까?

"네?"

최수민이 레나의 뒤에서 태연하게 대답을 하자 레나가 놀란 눈빛으로 최수민을 쳐다보았다.

"어떻게 여기서 나타난 거야?"

"아. 그 때 제가 말을 안했었어요? 하루에 5번까지 블링크를 사용할 수 있어요."

물론 지금은 여왕 개미를 상대하는 동안 블링크를 2번 사용하고 왔기에 3번밖에 남지 않았지만.

아 방금 써서 2번 남았구나.

"그래? 그래서 브레스를 피할 수 있다고 자신만만하게 말한 거구나."

하긴 블링크가 없었다면 진짜 브레스를 피한다는 건 상상도 하지 못할 행동이었다.

블루 드래곤이 입을 벌렸고 빛을 보는 순간 그 빛이 어느새 눈 앞에 다가와서 땅을 가르며 후레시아를 파괴하고 있었으니까.

정통으로 맞으면 살아남기 힘들겠지?

"일단 마법에 반응을 하는 것 같으니까 계속 신경을 긁어서 어쩔 수 없이 땅으로 내려오게 만듭시다."

드래곤의 포효 소리도 들었고 마법으로 브레스의 방향까지 바꾸는것까지 성공했다.

파리를 잡을때도 살충제를 뿌리다가 안되면 결국 파리채를 들고 잡는 법.

계속 귀찮게 하면 어쩔 수 없이 땅에 내려와서 직접 공격하지 않고 배기겠어?

한 마리의 파리가 되어 땅에 내려올때까지 귀찮게 하겠다는 다짐을 한 최수민은 다시 한 번 마법을 준비하기 시작했다.

"우리가 아무것도 할 수 없다는 게 슬프구만."

"그러게. 블루 드래곤을 상대하는 모습을 지켜만보고 있어야 하다니."

마법을 쓸 수 없는 임동호와 일행들은 지금 이 순간만큼은 들러리에 불과했다.

론디움에서 가장 강한 사람들중 하나인 그들의 가슴이 뛰고 있었지만 지금만큼은 총군 연합원들처럼 블루 드래곤이 땅에 내려오는 것을 기다리는 수 밖에 없었다.

퍼엉. 콰앙.

최수민의 마법이 블루 드래곤의 몸을 강타했고 블루 드래곤도 최수민에게 질세라 하늘에서 광역 마법들을 사용하기 시작했다.

"젠장. 이거 드래곤이 땅에 내려오기 전에 우리가 다

죽게 생겼잖아."

고래 싸움에 새우 등 터진다는 말이 어울리는 후레시아
의 현장.

현장에 있는 사람은 마치 지옥에 있는 것같은 느낌을 받
았지만 멀리서 바라보면 화려한 마법들이 펼쳐지는 후레시
아의 풍경은 어떤 곳과도 비교할 수 없는 장관을 만들었다.

최수민을 향한 마법들 중 일부는 애꿎은 총군 연합원들
과 임동호와 일행들에게 날아왔지만 임동호와 일행들은 자
신들에게 날아오는 마법들을 여유롭게 막아내고 있었다.

'이거 생각보다 할만한데? 브레스를 쓰지 않으니 상대할
만 하잖아?

쏟아지는 마법속에서 최수민도 거의 피해를 입지 않고
있었고 블루 드래곤도 피해를 거의 입지 않고 있었다.

단지 최수민보다 거대한 덩치를 가지고 있는 블루 드래
곤이 최수민의 마법에 더 많이 노출되어 짜증이 가중되고
있을뿐.

[크아아악!]

짜증이 가득한 것처럼 들려오는 포효와 함께 블루 드래
곤이 조금 더 낮은 곳으로 하강했다.

"이 정도면 맞출 수 있다. 쏴라!"

그러자 미리 시위에 화살을 걸고 있던 총군 연합원들이
화살을 일제히 쏘기 시작했다.

팅, 탱, 팅.

적당한 높이까지 날아와 블루 드래곤의 몸에 화살들이 닿기는 했지만 드래곤의 몸에 박히는 화살은 없었다.

"제길. 박히긴 커녕 전혀 데미지조차 못주는 것 같은 데?"

하지만 오베르토의 불만과는 다르게 블루 드래곤의 시선을 끄는데 성공했다.

고개를 홱 하고 돌려 오베르토와 궁수들을 쳐다보는 드래곤. 눈을 마주치자 드래곤 피어와는 다른 엄청난 심연의 공포가 그들의 몸을 덮치기 시작했다.

이번에는 오베르토마저 다리의 힘이 풀리며 비틀거릴 정도.

순식간에 온 몸이 굳어버린 총군 연합원들을 향해 블루 드래곤이 바람이 가르는 소리와 함께 땅으로 낙하하기 시작했다.

어마어마한 덩치의 블루 드래곤이 빠른 속도로 땅으로 내려오자 그 곳에서 일어난 강풍에 마법사들과 궁수들은 중심을 잃고 멀리 밀려나갔다.

'총군 연합이 이런 일을 해내다니!'

열심히 블루 드래곤의 신경을 긁어놨더니 총군 연합의 궁수들이 성공적으로 블루 드래곤을 땅으로 내려오게 하는데 성공했다.

아직까지 완전히 땅에 내려오지 않은 블루 드래곤, 하지만 도약하면 충분히 닿을 수 있는 거리까지 내려온 상태였다.

타앗.

순간 최수민은 다리에 마나를 집중하여 평소보다 높은 높이를 도약하였고,

서걱.

블루 드래곤의 다리부근을 검으로 베어내는데 성공했다.

[크아악!]

여왕 개미의 다리를 공격했을 때보다 손맛이 느껴지지 않을정도로 거의 공격이 박혀들지 않았지만 이런 공격을 허용해본 적 없었던 블루 드래곤의 입에서 비명이 터져나왔다.

'이거 땅에 떨어뜨려놔도 쉽지 않겠는데?'

어렵게 잡은 기회에 마나의 대부분을 검으로 옮겨 블루 드래곤을 공격했지만 블루 드래곤에게 생긴 것은 아주 미세한 상처 하나.

비명과 동시에 무서운 눈빛으로 블루 드래곤이 최수민을 바라보았다. 평범한 사람이었으면 오금이 저려 그대로 주저 앉아버릴 법한 상황.

"뭐? 쳐다보면 무슨 방법이라도 생길 것 같아?"

하지만 평범한 사람이 아닌 최수민에게는 아무런 일도 일어나지 않았다.

아무런 반응을 하지 않는 최수민에게 잠시 동요하는 듯한 블루 드래곤이었지만 바로 정신을 차리고 입을 벌렸다. 그리고 입 주변으로 몰려들기 시작하는 마나.

'이 놈도 여왕개미처럼 쿨타임 없이 계속 브레스를 사용하는 거야?'

브레스는 여왕 개미의 그것처럼 피할 수 있는 것이 아니다. 남은 블링크는 2번. 앞으로 어떤 상황이 벌어질지도 모르는데 브레스를 뿜어낼 때 마다 블링크를 낭비할 수도 없었다.

푸욱.

퍼엉.

누군가가 박아넣은 검과 마법에 블루 드래곤은 브레스를 취소하고 다른 곳으로 시선을 돌렸다.

"이봐. 드래곤 나리. 우리를 무시하지 말라고."

"미안해. 멜로스."

블루 드래곤이 고개를 돌린 곳에는 레나와 임동호가 서 있었다. 임동호는 최수민에게만 블루 드래곤을 맡길 생각이 없었던 것인지 공격범위에 들어오자 바로 공격을 가했다.

푸욱.

다시 한 번 반대편에서 자신을 공격해오는 인간들.

이 인간들은 평범한 인간들과는 다르다!

그 생각이 머릿속에 스쳐갔다. 평범한 인간의 검은 자신의 강한 피부에 튕겨나가기 마련이었는데 지금 자신을 공격해오는 인간들의 검은 날카로운 송곳으로 찌르는 것 같은 느낌.

[크아아악!]

다시 한 번 블루드래곤이 높은 하늘로 날아가려고 하는 찰나 최수민이 높이 도약하여 블루 드래곤의 날개가 있는 곳에 달라붙었다.

'좋았어. 날개를 잘라내면 이길 수 있다!'

혼자가 아니라 여러명의 공격에 블루 드래곤이 정신을 차리지 못하는 것을 확인한 최수민이 무리하여 블루 드래곤의 날개까지 달라붙었다.

여왕 개미 이후 날개에 달라붙는건 자제하려고 했는데!

이왕 달라붙은거 한 방에 잘라내겠다는 마음으로 블루 드래곤의 날개를 잡는 순간 블루 드래곤의 몸을 암흑 마나가 둘러싸더니 그대로 최수민의 몸이 감전된 듯이 떨려왔다.

'뭐야? 드래곤이 어떻게 암흑마나를?'

감전된 것처럼 떨리고 있는 최수민을 날개에 매단채로 엄청난 속도로 날아오르는 블루 드래곤.

로켓처럼 빠른 속도로 수직으로 상승하는 블루 드래곤의 위에서 최수민은 간신히 팔힘으로 몸을 지탱하고 있었다.

젠장, 지금 몸 상태가 정상이 아닌데.

아직까지 최수민의 양 손은 부들부들떨리고 있었고 최수민과 땅의 거리는 점점 멀어지기 시작했다.

땅을 쳐다보니 이미 아득하게 높이 올라와서 건물들이 개미만하게 보이고 있었다. 이 높이에서 떨어진다면 최소 사망 확정.

블루 드래곤의 날개를 자르겠다는 생각은 이미 사라진지 오래고 여기서 떨어지지 않은 채 목숨만 건져야 한다는 생각만으로 젖먹던 힘까지 다해서 날개를 붙잡고 있었다.

슈우우욱.

평범하게 하늘로 솟구치던 블루 드래곤이 갑자기 방향을 틀기 시작했다. 그 어떤 롤러코스터와 비교를 허락하지 않을 정도로 과격하게 뒤흔들리는 블루 드래곤의 몸.

'젠장. 누군 힘이 빠져서 죽겠는데 힘이 넘치나 보네.'

가만히 있어도 팔에 힘이 빠지고 있는데 블루 드래곤이 몸을 미친 듯이 흔들어대니 멀미까지 날지경.

점점 팔에 힘이 풀려 버티기 힘들 때쯤 땅에서 무언가가 엄청난 속도로 블루 드래곤을 향해 날아왔다.

거대한 블루 드래곤의 덩치에 밀리지 않는 거대한 덩치의 레드 드래곤.

[괜찮아? 조금만 버텨.]

머리 속에서 울려퍼지는 레나의 청아한 목소리.

'아뇨. 안 괜찮아요.'

말을 전하고 싶었지만 혹시라도 블루 드래곤이 그 말을 알아듣고 더 미친 듯이 몸을 흔들까봐 마음속으로 말을 삼켰다. 당장이라도 떨어질 것 같은데 이거 얼마나 버틸 수 있으려나.

대답을 마음 속으로 삼키는 동안 레나가 블루 드래곤을 향해 매섭게 날아왔다.

등에 딸려 있는 인간을 떼어내고 싶어하는 블루 드래곤
은 레나가 날아오는 것을 신경쓰지 않은채 거칠게 비행했
다.

레나의 공격은 피하면 그만이지만 등 뒤에 있는 인간을
그대로 방치해두었다가 날개에 상처라도 입는다면 그것이
더 치명상으로 돌아올 터였다.

콰악.

360도로 회전하며 공중을 한 바퀴 도는 동안 레나가 빠
르게 날아와 블루 드래곤의 목덜미를 깨물었다.

[크아악!]

비명을 한 번 지른 블루 드래곤은 바로 레나를 쳐다보며
자신의 입을 벌렸다. 그 이후에 벌어진 광경은 마치 아프리
카 대륙에서나 볼 법한 야수들의 싸움이었다.

서로의 입을 벌리고 꼬리로 때리며 몸통에 비해 비교적
짧은 다리로 서로의 몸을 공격한다.

두 드래곤이 움직일 때마다 팔의 힘이 점점 풀려가며 떨
어질 것 같았지만 여기서 떨어지면 죽는다는 생각에 정말
악착같이 블루 드래곤의 날개부근을 부여잡고 있었다.

'싸우려면 땅에 내려가서 좀 싸워주세요!'

몸으로 서로 치고 박던 블루 드래곤이 갑자기 입을 열었
다. 그리고 입으로 모여들기 시작하는 마나.

그러자 레나도지지 않고 입을 열어 마나를 모으기 시작
했다.

나 아직 여기 있는데? 등 뒤에 붙어있는데…

이윽고 블루 드래곤의 입에선 파란 빛이, 레나의 입에선 빨간 빛이 쏘아져 나왔고 두 빛이 부딪히는 순간 하늘에서 엄청난 폭발이 일어났다.

◇

"드디어 마지막이다. 다들 준비는 되었나?"

어두운 공간, 을씨년스러운 분위기가 가득 한 곳에서 빨간 눈들이 허공에 떠있었다.

그 어두운 공간 가장 높은 곳에 김진수가 자신의 검을 쥐고 서있었다.

김진수의 앞에서 20명 남짓한 빨간 눈을 하고 있는 자유 길드원들이 김진수의 말을 듣고있었다.

"이미 알고 있던 일. 준비는 이미 옛날에 끝난지 오랩니다."

"그 정도 각오가 없었다면 여기까지 오지도 못했겠죠."

김진수 앞에 서있는 사람들은 최수민과 임동호가 봉인된 마법진을 해제하기 위해서 던전을 찾아올 때 총군 연합원들과 싸우던 사람들이었다.

한 명 한 명이 엄청난 힘을 가지고 있는 그야말로 자유 길드의 정예들.

"그래. 누군가는 우리의 고생을 알아줄 거다. 비록 지금은 아무런 인정을 받지도 못하고있지만, 아니 우리의 고생이 모두 잊혀질지도 모르지만."

비장함마저 느껴지는 김진수의 한 마디.

"인정을 받기를 원했다면 아예 시작도 안했을 겁니다. 드디어 마지막이라고 생각하니 죄책감에서 벗어날 수도 있고 좋은데요?"

"아무리 마지막이라도 너희가 인정할 수 있는 상대가 아니라면 일부러 목적을 달성하려고 하지 않아도 된다."

"그건 그렇고 만약 블루 드래곤을 잡지 못하면 어떻게 되는 건가요?"

지금 론디움에서 가장 유명한 몬스터 블루 드래곤.

그 놈을 잡기 위해 임동호와 일행들이 나섰다는 것을 모르는 사람은 없었다.

임동호와 일행들이 실패한다면 블루 드래곤을 잡을 수 있는 능력자들이 없다는 것도 잘 알고 있었고.

론디움 그리고 지구의 운명을 결정 지을수도 있는 블루 드래곤과의 싸움이었지만 자유 길드는 그 싸움에 참여하지 않았다.

"그렇게 되면 우리의 고생이 모두 물거품이 되는 거지. 우리가 할 수 있는거라곤 임동호가 블루 드래곤을 잡는 것을 성공하기를 기대하는 수 밖에."

"지켜볼 수 밖에 없다는게 참 답답하네요. 어쨌든 우리가 할 수 있는 것은 마지막 계획을 준비하는 것 밖에 없네요."

"그래. 그 녀석들이 블루 드래곤을 성공적으로 잡기를 기도하자고. 마지막 계획을 시행하는 건 블루 드래곤을 잡았다는 소식이 들려온 후다."

◇

최강의 생명체들이 사용할 수 있는 가장 강력한 공격 브레스.

드래곤 하트에 있는 마나뿐만 아니라 주변에 있는 마나까지 끌어모아서 하는 두 개의 브레스가 부딪히자 순식간에 시간과 공간마저 일그러지는 듯한 느낌이 들 정도로 강렬한 충격의 현장에 최수민이 있었다.

물론 중심에 서있는 것이 아니라 블루 드래곤의 등 위에 타고 있었지만.

엄청난 충격이 발생하자 블루 드래곤이 격하게 날아다닐 때보다 오히려 더 몸을 지탱하기가 힘들었다.

'브레스를 막을 수 있는 것은 없다고 생각했었는데 브레스로 막을 수 있는 거였구나.'

아직까지도 블루 드래곤과 레나의 입에서는 엄청난 마나가 쏟아져 나오고 있었다. 그러나 레나가 말한 것처럼 레나의 마나가 멜로스보다 부족했기에 조금씩 브레스가 레나쪽으로 밀려나기 시작했다.

이거 위험한데?

위험하다는 것을 알고 있었지만 정작 최수민이 할 수 있는 것이 없었다. 지금은 블루 드래곤 위에서 버티고 있는 것만 해도 너무나 힘들었다.

점점 더 레나쪽으로 밀려가는 파란 빛. 거침없이 쏘아져 나가는 파란빛과 반대로 빨간 빛은 점점 힘을 잃어가고 있었다.

'이대론 레나가 당한 후 바로 내 차례다.'

이제 선택을 해야했다. 간신히 버티고 있느냐 아니면 떨어질 위험을 감수하고 블루 드래곤의 날개를 공격하느냐.

어차피 레나가 당하면 곧 최수민도 떨어질 위기였기에 고민은 길지 않았다.

에이, 어차피 레나가 당하면 내가 떨어질 텐데 차라리 도박을 해보자.

블루 드래곤의 등에서 간신히 누워서 버티고 있던 최수민이 비틀비틀거리며 간신히 다리를 들었다.

투욱.

다리를 들고 일어나려고 하자마자 급격히 무너지는 균형. 마나의 충돌에서 나오는 거센 충격파가 최수민의 몸을 짓눌렀다.

마치 가만히 등에 붙어있지 않으면 당장이라도 떨어뜨려 버리겠다는 듯이 거세게 밀려드는 마나 폭풍.

'그렇다고 해서 팔자 좋게 누워있을 수는 없잖아?'

강을 거슬러 올라가는 연어가 되어야 하는 지금 최수민은 다시 한 번 자리를 박차고 일어났다.

그리고 밀려드는 마나 폭풍에 순식간에 균형을 잃고 블루 드래곤의 등위를 미끄럼틀을 타듯 밀려나던 최수민은 간신히 블루 드래곤의 날개 한 귀퉁이를 잡았다.

꿈틀.

자신의 날개가 붙잡히는 것을 느낀 블루 드래곤이 잠시 정신을 파는 사이 레나의 브레스가 힘을 내어 블루 드래곤의 브레스를 조금 밀어냈다.

좋아, 일단 떨어지진 않았으니까 이대로 날개를 붙잡고 가서 다시 등에 올라탄다.

꿈틀꿈틀대며 블루 드래곤의 날개 끝자락에서 다시 등까지 도착한 최수민은 왼 손으로 블루 드래곤의 날개를 잡고 오른손에 쥔 검으로 블루 드래곤의 날개를 힘껏 내리쳤다.

콰앙.

드래곤의 가장 중요한 부위중 하나 답게 드래곤의 날개에는 검이 박히지조차 않았다. 마치 다이아몬드를 내려친 듯한 느낌.

콰앙.

하지만 더 이상 물러날 곳이 없었기에 최수민은 같은 부위를 다시 한 번 검으로 내리쳤다.

블루 드래곤은 자신의 날개가 공격을 당하고 있다는 것을 알고 있었지만 브레스에서 신경을 돌리는 순간 자신이 레나의 브레스에 당한다는 것을 알기에 최수민에게 신경을 쓸 수가 없었다.

콰앙.

다시 한 번, 그리고 또 다시 한 번. 최수민의 공격이 블루 드래곤의 날개에는 치명적인 타격을 주지는 못했지만 블루 드래곤의 신경을 긁기는 충분했다.

레나의 브레스가 점점 더 블루 드래곤쪽으로 밀려오더니 어느새 호각을 이루고 있었다.

'아직 부족해. 이 날개를 확실히 뜯어낼 방법이 없나?'

검으로는 아무리 내리쳐도 반응이 없다. 드래곤의 소중한 부위인 만큼 단단해도 너무 단단했다. 겨우 날개 주제에.

휘이이잉!

레나의 브레스가 점점 강하게 밀려와 다시 한 번 충격파가 밀려오자 순식간에 균형을 잃을 위기에 처한 최수민이 드래곤의 날개를 붙잡은 팔에 힘을 주었다.

그 순간 뚜둑 하는 소리와 함께 드래곤의 날개가 아주 약간 찢겨져 나가는 느낌을 받았다.

'설마 이거? 손으로 뜯어낼 수 있는 건가?'

땅에 박혀있는 철근을 맨손으로 쳐서 부러뜨리긴 힘들어도 뽑아내는 건 가능하다.

그것처럼 드래곤의 날개도 검으로 쳐서 잘라내는 건 불가능했지만 손으로 뽑아내는 것이라면 가능해보였다. 물론 그것은 힘 스텟이 어마어마하게 높은 최수민이라서 가능한 일이었지만.

해결 방법을 찾았다는 생각에 최수민은 바로 그 생각을 행동으로 옮겼다.

뚜둑.

다시 한 번 무언가가 뜯어지는 소리가 들려왔고 그에 맞춰 블루 드래곤의 브레스가 다시 한 번 약해졌다.

그리고 하늘에 떠있던 블루 드래곤의 각도가 미세하게 일그러지기 시작했다.

좋아. 여기가 진짜 약점이긴 하구나!

아무리 드래곤이 마법에 능하다고 해도 거대한 몸뚱아리를 이렇게 높은 곳까지 띄울 수는 없다. 심지어 지금 블루 드래곤은 브레스를 사용하고 있는 상황.

지금 블루 드래곤은 브레스에도 신경을 써야하고 자신의 등에서 날개를 공격하고 있는 최수민에게도 신경을 써야했다.

그만큼 브레스는 점점 약해지며 레나의 브레스가 블루 드래곤의 브레스를 압도하기 시작했다.

좋아좋아. 이대로라면 우리의 승리다!

아무리 강한 드래곤이라도 브레스를 맞으면 살 수 없을 것이다. 물론 브레스를 맞은 드래곤을 본 적은 없지만.

그런데 나는 괜찮으려나?

문득 블루 드래곤의 날개를 뜯던 중 그런 생각이 들었다.

날개를 뜯는 것을 성공하면 블루 드래곤과 함께 땅으로 추락할테고 아마 죽겠지.

날개를 뜯는 것을 실패해도 이미 블루 드래곤의 브레스는 약해질 때로 약해진 상태, 그대로 레나의 브레스를 맞는다면 그래도 사망.

젠장. 여왕 개미 등에 탔을 때 절대 블루 드래곤 등 위에는 올라오지 않겠다고 생각했는데.

어떤 선택을 해도 결국 결과는 같을 것이라는 생각에 최수민은 체념한 채로 팔에 힘을 주었다.

약간 찢어져 있는 날개에 힘을 주자 이제는 걷잡을 수 없이 빠른 속도로 날개가 찢겨져 나가기 시작했다.

[크아아악!]

갑자기 균형을 잃은 채 땅으로 추락하기 시작하는 블루 드래곤.

콰아아앙!

균형을 잃은 블루 드래곤이 땅으로 추락하며 레나가 쏘고 있던 브레스가 블루 드래곤의 복부를 관통했고, 블루 드래곤이 쏘아내고 있던 브레스는 허공을 갈랐다.

허공을 가른 후 끝을 모르고 날아가던 브레스는 어느 지점에서 강렬하게 폭발을 하였고 그 곳에는 잠시 태양이 생겨난 것처럼 강한 빛이 발생했다가 사라졌다.

휘이이잉.

그리고 최수민은 복부를 관통당하고 날개 한 쪽이 거의

뜯어진 상태로 빠른 속도로 땅에 떨어지고 있는 블루 드래곤의 날개를 잡고 있었다.

500미터, 300미터, 200미터. 땅이 점점 가까워지자 점점 높아지는 중력이 최수민의 몸을 짓눌러왔다.

[최수민! 여기로 뛰어.]

빠르게 떨어지고 있는 최수민을 구하기 위해 레나가 복부에 구멍이 난 블루 드래곤을 신경쓰지 않은 채 옆으로 날아왔다.

하지만 엄청난 압력이 최수민의 몸을 짓누르고 있었기에 몸을 마음대로 움직일 수가 없었다. 물론 이 손을 놓으면 그대로 땅에 추락할 수도 있다는 생각이 몸을 방해하고 있기도 했다.

미안해요. 아무래도 못 건너갈 것 같아요.

김진수에게 당할 때도 주마등처럼 스쳐지나가는 기억들이 보이지 않았는데 지금은 기억들이 최수민의 눈 앞에 보이는 듯했다.

그래 난 이미 죽었었지. 아참. 지금 죽으면 김진수에게 복수는 어떻게 하지?

김진수를 떠올리자 갑자기 삶에 대한 욕구가 불타오르기 시작했다. 그래. 지금 이 손을 놓으면 레나가 날 구해줄 거야.

이제 땅이 눈 앞에 보이는 순간 최수민은 블루 드래곤의 날개를 잡고 있던 손을 놓았다.

잠시 몸이 하늘에 뜬다는 생각이 들더니 다시 자유 낙하를 하기 시작하는 최수민의 몸.

덥석.

그런 최수민의 몸을 레나가 인형 뽑기 기계에서 인형을 뽑는 것처럼 최수민을 낚아챘다.

[바보야. 이렇게 늦게 뛰면 어떻게 해? 땅에 부딪힐 뻔했잖아.]

레나의 말을 듣고보니 최수민의 몸은 땅에서 불과 3미터도 떨어지지 않은 곳에 있었다.

콰아앙!

여왕 개미가 땅에 쳐박혔을 때보다 훨씬 거대한 소리와 함께 땅에 떨어진 블루 드래곤.

아무리 드래곤이라도 이 정도 높이에서 저 커다란 몸뚱이로 떨어졌으면 죽었겠지? 궁금했던 것도 많았는데 아쉽네.

그러나 최수민의 생각과 다르게 블루 드래곤이 떨어진 곳에서 인간의 형태의 무언가가 걸어나오고 있었다.

아니 이거 왜 이래? 여왕 개미때부터 땅에 떨어지면 사람이 튀어나오는 게 유행인가? 로봇도 아니고.

그런데 그 곳에서 튀어 나오는 사람은 여왕 개미에게서 튀어나온 사람과 전혀 다르다.

파란 머리빛, 그리고.

"뭐야? 최수민도 같이 떨어진 거였어?"

땅에서 블루 드래곤과 레나의 싸움을 보고 있던 임동호가 소리쳤다.

분명 땅에 떨어지기 전 최수민은 레나가 구해내는걸 봤는데 블루 드래곤이 떨어진 곳에서 최수민과 똑같이 생긴 사람이 걸어나오고 있었다.

복부 중간 부분이 뻥 뚫린 채 그 곳에서 피를 콸콸 쏟아내고 있는 최수민.

그러나 자세히 보니 전체적인 분위기는 비슷했지만 묘하게 최수민과 다르게 생긴 사람이었다.

"역시 멜로스가 맞네."

드래곤의 모습에서 사람의 모습으로 돌아온 레나가 그 파란 머리를 보고 말을 꺼내었다. 지금 눈 앞에 있는 파란 머리는 자신이 알고 있던 멜로스의 인간형 모습과 정확히 같았다.

"레나? 어떻게 여길?"

왼 손으로 피가 쏟아져 나오는 복부를 감싼채 멜로스가 천천히 레나와 최수민을 향해 걸어왔다.

"그건 내가 묻고 싶은 말인데? 넌 어떻게 여기에 왔고 왜 사람들을 공격하고 있는 거야? 너처럼 사람들을 좋아했던 드래곤도 없었는데."

멜로스는 대답 대신 레나에게 조금씩 조금씩 접근했다. 레나에게 다가오기 시작할수록 텅 비어있는 복부가 암흑마나로 채워지기 시작하더니 곧 상처부위가 암흑마나로 뒤덮혔다.

푸욱.

그리고 레나에게 다가온 멜로스는 순식간에 암흑마나가 가득한 손으로 레나의 심장부를 찔렀다.

◇

새하얗던 레나의 얼굴이 더 하얗게 변하면서 레나의 입에서 빨간 머리카락보다 더 붉은 피가 뿜어져나왔다.

"이 개자식! 뭐하는 짓이야!"

레나가 피를 뿜으며 뒤로 쓰러지는 동안 최수민은 레나의 바로 앞에 서있던 멜로스를 향해 검을 찔러넣었다.

휘이이익.

레나가 뿜어낸 피가 바닥에 닿기도 전에 쇄도한 최수민의 검이 멜로스의 심장을 향해 날아갔지만 멜로스는 몸을 비틀며 최수민의 검을 피해냈다.

최수민의 검을 피해낸 후 한 걸음 뒤로 물러선 멜로스가 이번엔 최수민을 노리고 암흑마나가 가득한 손을 휘둘렀다.

까앙!

"땅에 내려온 이상 우리도 구경만 하고 있을 순 없지!"

임동호가 거대한 검을 휘둘러 멜로스의 공격을 막아냈고

"레나! 괜찮아요?"

최수민은 쓰러지고 있는 레나의 등을 잡아 땅에 뉘여놓았다.

드래곤의 모든 힘이 들어있는 곳이자 생명의 근원인 드래곤 하트를 공격 당한 레나. 그것도 평범한 공격이 아니라 드래곤의 공격에 암흑마나까지 둘러싸여있는 공격이었다.

공격을 당한 후에 폭발하는 암흑마나의 특성 때문에 레나의 드래곤 하트는 엄청난 충격을 받은 상태.

레나는 대답조차 하지 못한 채 순식간에 의식을 잃어버렸다.

"잠시만 저 놈을 상대하고 있어주세요!"

최수민은 의식을 잃은 레나를 데리고 몇 발자국 뒤로 물러선 후 자신이 알고 있는 가장 강력한 회복마법을 사용하기 시작했다.

최수민의 푸른 마나가 레나의 몸을 감싸기 시작했지만 드래곤 하트에 받은 상처를 회복시키는 것은 쉬운 일이 아니었다.

'이대로라면 안 되는데…'

레나의 의식이 돌아오긴 커녕 가슴에 생긴 상처가 아물지를 않았다. 가슴에서는 계속 피가 새어나왔고 레나의 숨이 조금씩 약해지기 시작했다.

마법의 효율이 극대화된다던 드래곤이라더니 이런 상처를 회복시키지 못하면 무슨 소용이야!

자책하며 회복을 위해 마나를 불어넣어봤지만 밑 빠진 독에 물 붓기. 회복되지 않는 상처에 마나를 사용해봤자 최수민의 마나만 소모될뿐 전혀 나아지지 않았다.

최수민이 레나를 치료하기 위해 회복 마법을 사용하는 동안 임동호와 일행들은 멜로스를 상대하고 있었다.

까앙.

임동호의 공격을 막아낸 멜로스가 임동호를 향해 반격을 하려고 하자 배재준이 멜로스의 공격을 막아냈다.

그것과 동시에 레이첼이 멜로스의 다리를 노리고 공격하자 멜로스는 가볍게 뒤로 빠지며 암흑 마나를 날려보내 허공에서 폭발시켰다.

퍼엉!

암흑 마나가 폭발하며 생기는 연기에 잠시 멜로스의 모습을 놓치는 순간 그 속에서 멜로스의 주먹이 임동호의 복부를 향해 날아왔다.

그 주먹을 배재준이 막아내고 임동호가 반격을 시도했지만 이번에도 피해내는 멜로스.

'땅에 내려놓기만 하면 충분히 이길 수 있다고 생각했는데 드래곤이라는 것이 이렇게 강한 존재였단 말인가?'

네 명이 쉬지않고 공격을 하고 있었지만 멜로스에게서는 아무런 빈틈이 보이지 않았다. 오히려 빈틈이 발생하고 있는 것은 임동호의 일행들이었다.

공격을 한 후에 생기는 짧은 빈틈을 멜로스는 끊임없이 노려왔고 그 공격을 일행들이 돌아가며 방어하기에도 급급한 모습이었다.

'제길. 배에 뚫린 구멍이 아니었다면 아예 손도 못쓰고

304

당했겠는데?'

그나마 멜로스의 배에 생긴 상처 때문에 멜로스의 움직임이 더뎌지긴 했지만 그럼에도 불구하고 멜로스는 만만한 상대가 아니었다.

평범한 드래곤이었다면 네 사람이 상대할 수 있었겠지만 지금 멜로스는 어디서 나온것인지 모를 암흑 마나로 인해 훨씬 강해진 상태.

이번에는 네 사람이 방어를 생각하지 않은채 동시에 공격에 나섰다.

피할 공간조차 주지않는 네 사람의 공격.

각자의 마나를 머금은 검이 공기를 가르는 소리를 내며 날아가는 공격은 멜로스가 만들어낸 암흑 마나 배리어에 막히고 말았다.

그나마 멜로스가 방어에 전념을 하는 바람에 네 사람은 공격 후에 아무런 반격을 받지 않았다.

"젠장. 이제 남은 건 론디움과 지구의 멸망인가?"

"불길한 소리 하지 마. 아직 멀었어."

여유롭게 말하는 존데커와 달리 다른 사람들의 얼굴은 모두 굳어가고 있었다.

멜로스는 강해도 너무 강했다. 지금 네 사람의 힘으로도 잡지 못할 정도라니. 이게 정말 게임이었다면 너프를 먹어도 한참 먹어야 할 정도로 강했다.

얼굴이 굳어가는 네 사람보다 총군 연합원들이 더 놀라고 있었다.

임동호와 일행들이 휘두르고 있는 검은 거의 보이지도 않을 정도로 빠른데 멜로스는 그 공격을 피해내며 반격을 가하고 있었다.

감히 저런 몬스터를 총군 연합원들끼리 상대하려고 했다니. 임동호와 일행들을 도와주고 싶어도 도와줄 방법이 없었다. 괜히 도와주려고 나섰다가 방해가 될지도 모르니까.

그 때문에 임동호와 일행들을 뺀 나머지 사람들은 멀리서 구경만 하고 있을 수 밖에 없었다.

콸콸콸.

최수민은 자신이 가지고 있던 체력 회복 물약을 모두 레나의 입에 쏟아부어봤지만 그것도 소용이 없었다. 드래곤의 육체에 겨우 트롤의 피로 만든 물약따위는 아무런 효과를 내지 못했다.

레나의 숨소리는 점점 작아져 갔고 이제는 손과 발마저 차가워지기 시작했다.

이거 어떻게 해야하지? 지혈을 하면 될까? 겨우 지혈로 막기엔 상처가 너무 큰데?

마법으로도 치료가 되지 않고 물약으로도 치료가 되지 않는다. 현대의학의 힘을 빌려야하나? 과연 그걸로 가능할까?

수만 가지의 생각이 최수민의 머릿속을 오고갔고 그 동안에도 레나의 안색은 눈에 띄게 창백해져갔다.

어떻게 해야하지? 어떻게…

눈에 띄게 상태가 안좋아지는 레나의 모습을 보자 가슴 한 편이 아프면서도 오히려 마음이 냉철해지기 시작했다.

지금 내가 흥분하면 죽도 밥도 안된다. 분명 방법이 있을 거야. 멜로스는 배가 뚫렸어도 저렇게 쌩쌩한데.

그 때 김진수에게 공격을 당했었던 때가 떠올랐다. 분명 최수민도 그 때 심장을 공격당했었다. 한 방에 심장이 멎어버렸던 공격.

어떻게 내가 살아난 거였더라.

생각해보자. 분명 그 방법이라면 레나를 살릴 수 있다. 우선 몸속에 트롤의 피가 흐르고 있었고, 정령왕. 그러니까 엘의 축복이 있었지.

통할지 통하지 않을지는 모르지만 방법이 하나 밖에 없다고 생각한 최수민은 바로 엘을 소환해냈다. 심란한 상태라 혹시나 엘이 아니라 상급 정령들이 소환되지 않을까 걱정을 하기도 했지만 간절했던 마음이 전해진 것인지 다행스럽게 최수민의 눈앞에 엘이 나타났다.

"반가워요. 그 땐 제가 사정이 있어서…."

최수민이 고통받는 모습에 어쩔 수 없이 정령계로 돌아갔던 때를 떠올리며 이야기를 시작하는 엘의 말을 최수민이 제지하며 레나를 가리켰다.

"일단 그 때 저한테 걸어줬던 축복을 좀 써주세요. 길게 말할 시간이 없어요."

엘은 최수민이 가리킨 레나를 보자 흠칫하며 놀라더니 최수민의 말뜻을 이해하고 최수민에게 걸어주었던 축복을 레나에게 걸어주기 시작했다.

엘의 기운이 레나에게 흘러가자 창백했던 레나의 얼굴색이 조금은 다시 돌아오는 듯 했다. 하지만 엘의 기운을 받고서도 레나의 가슴에서 흘러나오는 피는 멎지 않았다.

역시 엘의 축복만으로는 안 되는 거였나? 혈액형이 다르면 안 될 텐데.

어차피 가만히 두면 죽을 것 같은 레나였기에 고민은 잠시. 최수민은 바로 들고 있던 검을 들고 손가락을 그으려고 했다. 아참 이거 상처회복 효과 50% 반감이지.

들고 있던 검을 땅에 내려놓은 채 손가락에 마나를 잔뜩 불어넣은 채 반대쪽 손의 손가락에 가늘게 상처를 내자 피가 뚝뚝 흘러내렸다.

그리고 피가 흘러내리는 손가락을 레나의 입 가까이 가지고 갔다.

뚝. 뚝.

최수민의 손가락에서 흘러내리는 피가 한 방울, 두 방울 레나의 입으로 흘러들어가기 시작했다.

제발 성공해라. 죽었던 나도 살린 능력이잖아!

최수민의 간절함이 담긴 탓이었을까? 아니면 정말 최수민의 피가 회복에 도움이 되었던 것일까? 최수민의 피가 한 방울씩 흘러 들어가자 레나의 가슴에서 흘러나오던 피가 조금씩 멎기 시작했다.

피가 멎자 차가워졌던 레나의 손과 발이 따뜻해지기 시작했고 순식간에 레나의 얼굴색이 원래대로 돌아오기 시작했다.

성공인가? 아직까지 의식을 회복하진 못했지만 점점 피가 멎고 혈색이 좋아지는 것을 보니 위기는 넘긴 듯 했다.

"엘. 전 저 녀석을 상대하러 가야하니 레나를 부탁할게요."

"어라? 멜로스가 여길 어떻게?"

"저 놈은 멜로스가 아니에요. 레나를 이렇게 만든 놈이지."

여전히 멜로스를 상대로 고전하고 있는 네 사람. 레나의 복수를 한다고 하긴 했지만 네 사람의 공격이 통하지 않는데 겨우 내가 간다고 도움이 될까?

아니, 없는 것 보다는 낫겠지.

멜로스가 임동호의 공격을 막아낸 후 반격을 하려고 하는 타이밍에 최수민이 멜로스에게 다가와 검을 박아넣었다.

전혀 예상치 못했던 공격이었기에 다른 공격을 피해내고 있던 최수민을 공격한 멜로스.

공격을 허용한 후 최수민에게 반격을 하기 위해 멜로스가 오른손을 뻗었다. 최수민의 가슴팍을 노리고 들어오는 공격.

그런데 이 공격 왜 이렇게 낯익지?

분명 인간 형태의 멜로스를 보는 건 지금이 처음이지만 멜로스의 공격은 너무나도 낯익었다. 심지어 지금 멜로스의 공격이 어디로 들어올 것인지, 그리고 다음 동작까지도 어떻게 할 것인지까지도 알 것 같았다.

다시 한 번 살펴보니 멜로스의 몸에서 느껴지는 마나가 너무 낯익다. 그 마나가 최수민에게 공격궤적을 알려주는 것 같았다.

휘이익.

정확하게 머릿속에 떠오르는 이미지를 따라 멜로스의 공격을 피한 후.

서걱.

멜로스의 다음 동작까지 생각하며 멜로스가 방어하지 못할 다리부근을 길게 그어냈다.

그러자 임동호와 일행들의 얼굴에 놀라움이 번져갔다. 네 사람이 아무리 공격해도 멜로스의 몸에 상처를 내지 못했는데 어떻게 공격을 성공한 거지?

이어지는 멜로스의 반격.

멜로스의 마나와 암흑마나가 합쳐져 있는 공격이 날아오고 있었지만 그 궤적이 최수민의 머릿속에 그려졌다. 지금은 공격의 궤적뿐만이 아니라 멜로스의 생각마저 읽어낼 수 있을 것 같았다.

답이 보이는 문제를 푸는 기분.

공격이 훤히 보이는 멜로스의 공격은 피하기 어렵지 않았고 최수민에게 티어린 황제의 검술이 있었으니 반격을 하는 것도 어렵지 않았다.

멜로스와 최수민의 싸움은 점점 일방적으로 흘러가기 시작했다. 공격이 번번히 막힌 채 반격을 허용하는 멜로스의 몸에 서려있던 암흑 마나가 조금씩 흩어지기 시작하자 멜로스의 배에 있던 상처가 벌어지기 시작하며 피가 새어나왔다.

그와 동시에 점점 느려지는 멜로스의 움직임. 이제 멜로스는 최수민이 아니라 임동호와 일행들의 공격도 피해내지 못하고 있었다.

털썩.

이어지는 최수민의 공격에 멜로스는 결국 무릎을 꿇었다. 배에 있는 상처는 벌어질 대로 벌어졌고 멜로스의 몸에서 흘러나오던 암흑 마나는 이제 모두 사라져버렸다.

"레나의 복수다!"

몸 속에 있는 남은 마나를 끌어모아 검에 불어넣은 최수민이 검을 휘두르려는 순간 레나의 목소리가 들려왔다.

"멈춰!"

어느새 의식을 되찾은 레나가 가슴을 부여잡은 채 최수민과 멜로스를 향해 천천히 걸어오고 있었다. 얼굴색은 완전히 돌아왔고 느리지만 걸을 수 있는 것을 보니 최수민의 피가 효과가 있었던 모양.

"내 복수를 왜 니가 하려고 해. 아직 나 안 죽었거든?"

말은 그렇게 하고 있었지만 레나는 갓 태어난 아이가 걸음마를 뗀 것처럼 느리게 걷는 것도 힘들어보였다.

"멜로스. 이제 정신차려."

레나의 손이 하늘로 솟구치더니 멜로스의 심장을 내리쳤다.

아니 원래 이럴 땐 보통 뺨을 때리는 게 정상 아닌가? 하긴 눈에는 눈, 이에는 이라는 건가.

아무리 그래도 다 죽어가던 레나가 공격한건 소용이 없겠지.

최수민이 다시 한 번 검에 마나를 주입하기 시작하려는 순간 레나에게 심장부를 공격당한 멜로스의 몸에서 마지막까지 남아있던 암흑 마나가 모두 빠져나왔다.

"이제 정신 차렸지?"

"레나. 미안해. 그리고 인간들이여 미안합니다."

배에서는 피가 흘러넘치고 입에서도 피를 뿜어내며 제정신으로 돌아온 멜로스가 사과를 하는 것으로 입을 열었다.

〈8권에 계속〉